U0164739

你仍在嗎？

致 **仍在一起**

與不再在一起的朋友

王 迪 詩

目錄

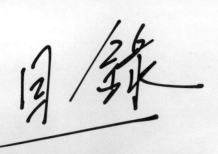

雪櫃清空的日子

「少年不識愁滋味」
是世上最大的謊言，
我總覺得我只有一次機會，
也見過很多人後悔，
我不想自己變成那樣的人，
所以無論做什麼
都拼盡二百合力。

我在大學畢業後一個人住了多年。曾經有很長的一段時間，雪櫃在我家裏幾乎是一件透明的電器，像我這種不愛下廚的人無法跟雪櫃建立感情。相比起來，衣櫃的地位高得多呢。

後來看韓劇《鬼怪》，一個猝逝的年輕女孩化成鬼魂，找上擁有陰陽眼的女主角幫這個忙——買一堆食物填滿她的雪櫃。女鬼知道母親很快會得悉女兒的死訊，要是媽媽看見她的雪櫃空空如也，就會覺得她生前活得很清苦，母親一定很難過的。人死了仍不肯離開，千辛萬苦找靈媒幫忙，不為報仇，不為夢想，而是去超市買菜，原來女兒滿滿的雪櫃對母親是十分重要啊。

那時雪櫃用了幾年，我連包裝貼紙尚未撕掉都沒注意到，裏面當然也不會放著什麼能吃的東西。生活談不上苦，只是那些日子我也不是很快樂，「少年不識愁滋味」是世上最大的謊言，我總覺得我只有一次機會，雖然安慰別人的時候總是說別急呢，就算今次失敗了，下次還可以再試呀，但我八歲就開始問人生還有多少個下次，也見過很多人後悔，我不想自己變成那樣的人，所以無論做什麼都很努力，儘管我其實

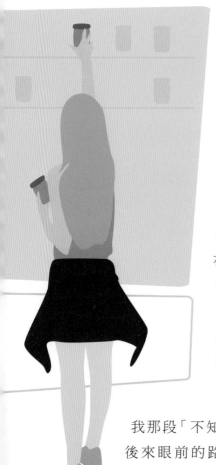

非常迷惘，不知自己可以建立什麼，也就是說沒有明確的目標，我只是把每件交到我手的事都拚盡二百分力去完成而已，然後不知怎的，眼前的路竟開始慢慢順起來。

看到曹星如在《鏗鏘說》的訪問，他談及自己年少時沒有目標，還有個花名叫「爆軚如」，後來在拳館幫忙教學生，陪學生同步做體能訓練，然後有次參加比賽，奇怪啊，怎這麼暢順？打完整場仍有很多力氣，爽呀，還想再來一場！原來他在不知不覺間鍛鍊了體能。

我那段「不知不覺」的日子，雪櫃是清空的。後來眼前的路漸漸清晰才想起要注意健康，於是給雪櫃擠滿有營養的食物，從此雪櫃也成為與我共同進退的夥伴了。

桃花運

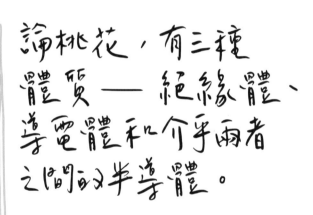

論桃花，有三種
體質 —— 絕緣體、
導電體和介乎兩者
之間的半導體。

一講「金融」，無論俊不俊人們都會自動加上「才俊」。

有次跟一位金融界人士閒聊，他笑言很多人以為從事這行業必是富貴筍盤，結識女藝人毫無難度。我就八卦問他有沒有追求某位非常漂亮的女明星，「才俊」哈哈大笑：「她呀！美得仙女下凡似的，追求她的富商不計其數，也有暗示包養，可是她全都聽不懂啊，完全不過電，這對男人來說非常掃興，跟她 flirt 她也不知自己被 flirt。」

當時我不大相信。「連有人想包養也聽不懂，單純至此怎可能在娛樂圈搵食？是裝作聽不懂吧。」後來看見這位女星跟記者的對答，我不得不相信了。獲品牌重金禮聘去剪綵，她居然對記者說：「我當然不會用這些產品呀！那麼容易壞，又貴……」身旁的客戶只能苦笑，她完全不懂人情世故啊。就如「才俊」所說，就算被言語上抽了水她仍舊一片混沌，對男人來說就不過癮了，完全沒有被想入非非的空間。罵人是希望對方生氣，嘲笑是希望對方感到受辱，如果對方連自己被笑被罵也不知道，一派傻更更地開心快活，那就等於罵空氣，太沒趣。

論桃花，有三種體質——絕緣體、導電體和介乎兩者之間的半導體。這位女星漂亮極了，卻不過電；我認識幾位相貌平凡的女生反而裙下之臣一大籮，她們都有個共通點，說話語調很溫柔，臉上總是掛著微笑，有一種恬靜的氣質。大部分人都是半導體，遇上腦電波相通的人才會撻著，平常並不怎麼有異性緣。那天生導電體不就發達了嗎？大把筍盤撲埋來任揀，太開心了！現實未必是這樣啊，就看我認識那幾位「導體電」的確是男朋友一個接一個，但其中兩位都離婚收場，一位是丈夫有外遇，另一位是丈夫酗酒兼家暴，另有一位仍在拍拖，因為太多異性追求而令男朋友疑心重重，終日吵架，倒是那位不過電的女星今天家庭美滿。多有何用？對的人，一個就夠了。

新木村拓哉

> 少年的我曾經慨嘆世上所有
> 美好的，美麗的，最終都會
> 失去 —— 愛情，青春，生命，
> 每個人最終必然會死。既是
> 一場空，努力到底為了什麼？
> 沒想到給我答案的不是哲學家，
> 而是木村拓哉。

說來有點臉紅，我這遲鈍的人居然在木村拓哉出道三十年後才迷上他。

1996 年，24 歲的木村以盛世美貌演出《悠長假期》。雖然當年他靚仔到不是人類，我卻沒有因此而迷上他。待他 46 歲，滿臉皺紋演出《BG 貼身保鑣》，我才第一次覺得木村驚為天人。在我眼中，那是新的木村拓哉，徹底與角色融為一體，讓觀眾全情投入，深深感動。

怎樣才是好演員呢？演什麼，像什麼，不需要度身訂造角色。看木村的戲，我會看見冷面教官、高傲廚師、失意的中年男人，而我完全忘了那是木村拓哉。年輕時俊美得令人呼吸困難，年紀大了卻不介意讓觀眾看見他的蒼老殘樣，只為將戲演好，這種敬業精神讓人打從心底佩服。

少年的我曾經慨嘆世上所有美好的，美麗的，最終都
會失去——愛情，青春，生命，每個人最終必然會死。
既是一場空，努力到底為了什麼？沒想到給我答案的
不是哲學家，而是木村拓哉。

所謂「失去」，原來是我誤解了。他由盛世美男變成
今天的蒼老大叔，我卻從現在的木村身上看見原來
做人是可以不用唏噓的，我在他失去美貌之後才看見
他的美。美貌讓他贏在起跑線，但能夠三十年一直
維持高峰，靠的更是韌性、能耐、好性格。傳媒說他
去片場是不帶劇本的，因為已把內容背得爛熟，就連
其他人的對白他也背了下來，可見下了很大苦功，
對白滾瓜爛熟到已成了本人的一部分，演出才會像
本能反應那般自然。

木村也讓我明白了贏在起跑線是什麼意思——就是沒有
意思。有時我們也會見到一些擁有頂級美貌的演員，
絕對是贏在起跑線，也獲得很多演出機會，卻因為
性格問題而搞垮了人生。雖然木村的無敵美貌讓他
不用努力就一夜成名，但原來都要非常非常努力，
一直努力了三十年。我能感到他今天依然很喜歡演戲，
一份工做了三十年仍滿懷熱誠，就連《悠長假期》的
美少年都會羨慕啊。

工揀人

"

人揀工，工揀人。
我揀伴侶，伴侶也揀我。
人生就像散落四周的砌圖，
雖然要花很長時間
才能找到合適的一塊，
但每次看著對的碎片完美地
卡進那早就剪裁好的位置，
還是忍不住為那恰到好處
的一瞬暗自喝采呢。

"

在 YouTube 聽潘紹聰的靈異節目,訪問一位在殯房工作的服務員。他說當初入行是因為無意中看到招聘,心想就算見工不成也沒有什麼損失吧,當時正穿著短褲拖鞋的他便進去面試了。結果被考了這條題目:「當家屬好傷心,你會怎樣做?」他回答:「什麼都不做,我只會遞上紙巾。」就因為這個答案,他獲聘了,70 多人只聘用兩人。

在合適的時候講合適的說話，但如果根本不知什麼是合適，那就什麼都別說好了，我想這崗位對員工的「要求」就是要有這種自覺吧。有時候不是拚命做就會帶來好結果，倒是在關鍵處輕輕一推就水到渠成，問題是大部分人都找不出「關鍵處」，那需要一點悟性。看到另一篇報道說 2020 年衞生署招聘殮房服務員長工的月薪有兩萬多港元，對學歷沒有要求，1700 幾人申請，脫穎而出也實在難得啊，有人卻只幹了一天就跑掉。很多人面對遺體都會感到害怕，並非學歷高或夠膽玩過山車就能勝任殮房服務員。然而再想想，不是所有工作都一樣嗎？人揀工，工揀人。無論廚師、律師、教師、化妝師或遺體化妝師，同一份工，有人幹起來如魚得水，有人卻每天上班像上刑場。假如這份工不揀我，勉強自己也不會帶來好結果吧。

這樣說來，一個人要做什麼工作並因此而要過一場怎樣的人生是一早注定了？我認為確實如此，但不用說到前世今生投胎輪迴那麼複雜，兩個字講完——性格。找一份跟自己性格相符的工作才能做出成績，如同找一個性格合得來的伴侶才會生活得開心。我揀伴侶，伴侶也揀我。人生就像散落四周的砌圖，雖然要花很長時間才能找到合適的一塊，但每次看著對的碎片完美地卡進那早就剪裁好的位置，還是忍不住為那恰到好處的一瞬暗自喝采呢。

你就別一個人
死撐了好嗎？

出來社會工作久了，
就會不太想識新朋友，
也不想主動找舊朋友。
第一，我怕對方以為我有目的。
第二，我怕對方有目的。
第三，「關心」與「騷擾」的界線
不知如何去畫，畫錯幾次以後
就不敢再畫，最後懶得畫。

跟一位女同學久未聯絡，疫情下想起她，發訊簡單一句「你還好嗎？」。數小時後她回覆「我 ok 呀」，又過了一陣她再來訊：「離職前一星期驗出乳癌。」

我不再發訊，秒速撥電話過去。「小姐，你還當我是朋友嗎？」我劈頭就問，她哈哈哈蒙混過去。若不是我主動問她近況，這傢伙大概永遠不會告訴我患病的事吧。離開一份做了十多年依然狂熱地愛著的工作，加上患癌的雙重打擊，就別一個人撐了好嗎？人漸漸長大，出來社會工作久了，就會變得不太想結識新朋友，也不想主動去找舊朋友。第一，我怕對方以為我有目的。第二，我怕對方有目的。事實的確很多人懷著目的去交朋友，並不是我幻想出來的多餘顧慮。不知試過多少次，滿臉誠懇的人來找我，第二句就提出要求。我能幫的都會幫，直接開口就可以了，何必費心去弄個假面具呢？第三，「關心」與「騷擾」的界線不知如何去畫，畫錯了幾次以後就不敢再畫，最後懶得畫。「你還好嗎」對我不算騷擾，但對某些人在某些時刻可能就是。最怕自己一廂情願。

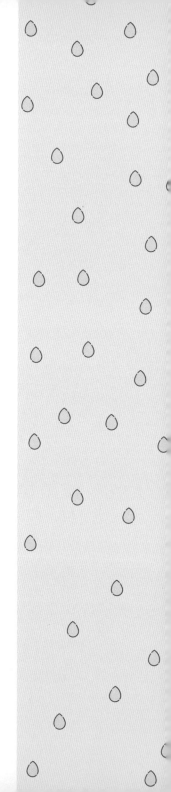

我們這些愈大愈扭曲的人蹣跚地活到今天，抬頭看看往日的同伴怎麼了，然後對方說得了癌症，而且到了相當危險的階段。其實我和她讀書時並不親近，畢業後也不親近。我是社交障礙末期，巧得很，她跟我一樣。我們從來不會像「閨蜜」那樣談心，失戀時也不曾互相抱頭痛哭。可是，這個同學是極少數由讀書時代到今天都絲毫沒變的人，依然咁乞人憎。大部分人都會變得愈來愈醒目，愈來愈識做人，利益比朋友重要，唯獨這個笨蛋完全沒變。為什麼不好好照顧自己的身體呢？為什麼被工作和生活弄得傷痕纍纍仍不療傷呢？我可不想到我死的時候只剩我一個笨蛋。

朋友不需要天天見，知道對方平安，於願足矣。

他37歲退休，從此專心吃

「我一生只哭過三次，
第一次是歌劇導演失敗，
第二次是聽到帕格尼尼演奏，
第三次是野餐時不小心把塞
滿松露的火雞掉進湖裏。」

羅西尼的歌好好笑。假如我當時坐在義大利歌劇院裏聽著《誰藐視溫馴的人》首演，我一定忍不住爆笑。

在 YouTube 搜尋這首歌 *Chi disprezza gl'infelici* 可以聽到。但這其實談不上「歌」，因為歌手由頭到尾只唱著同一個音，配上歌詞，旋律起伏全由伴奏的樂團包辦。羅西尼發現女歌手奇醜無比，歌聲更難頂，只在降 b 音勉強聽得入耳，便給她寫了全曲都是降 b 音的歌。

現實無法改變，就用幽默化解吧，沒料到這竟成為 hit 爆單曲！我想起一位朋友為舞台劇製作宣傳海報時苦惱不已，我很好奇是什麼可以難倒經驗老到的他。

「女主角肥到冇鎖骨。」

「P 圖不行？」我問。

他搖搖頭說：「只能把頭 key 到別人身上，但那是詐騙，毀我聲譽。」

後來看見那張舞台劇海報，美絕了，女主角海量的
波浪長髮像美人魚般覆蓋嘴以下的全部，只露出
眼鼻口，連手指尾都是秘密。

羅西尼（Gioachino Rossini）是 19 世紀義大利作曲家，
號稱歌劇三傑之一。當時吃飽飯就看歌劇是義大利人
每晚的節目，歌劇製作實行快餐模式，羅西尼慨嘆很多
劇本太爛，無奈為了搵食，都要做呀。遇上好劇本他會
非常高興，靈感澎湃寫出一流配樂，《塞維利亞的
理髮師》連貝多芬都讚。但現實就是觀眾要娛樂，樂團
要賺錢，也許是厭倦了理想與現實的衝突，羅西尼於
37 歲事業高峰時突然引退，從此專心吃。

他說：「我一生只哭過三次，第一次是歌劇首演失敗，
第二次是聽到帕格尼尼演奏，第三次是野餐時不小心
把塞滿松露的火雞掉進湖裏。」他喜歡吃、做 spa、
搞沙龍。在菲力牛肉上放一整塊鵝肝，灑幾片松露，
淋上多明格拉斯醬（Demi-glace），這道著名法國菜
「羅西尼牛扒」（Tournedos Rossini）因他命名。

人到中年辛苦拚出了一番事業，怎捨得放手？羅西尼
卻放下了，他看見人生還有很多可能性，活得自在
最重要。

有一種微妙的
關係叫做「同學」

> 開始收起真心話，
> 是在工作了一段時間以
> 後，發現真誠很蠢，
> 便學習虛偽，
> 「成熟」起來吧。

剛出來工作的頭幾年，一星期有幾晚都約同學們見面、飲酒、吹水、哭訴失戀、分享職場奇聞，或純粹一起無聊地發呆。有天，這些同學突然無聲無色地消失，斷了聯絡十年，然後某天又突然重聚起來，重新開始頻密的聚會，或在社交群組一天內交換幾百條訊息，以調劑枯燥的中年生活。

一位自小移民澳洲的醫生跟我聊起排華。「讀書的時候完全感覺不到排華，同學們非常友善，因為沒有利益衝突呀。但畢業後在醫院工作，就算能力不輸他人，也總是白人會得到升職機會。」本地人擁有職場優勢在世界各地都很常見，讓我印象深刻的兩個字反而是「利益」。是啊，一起讀書的日子不用客套，不用虛偽，就是因為彼此之間不涉利益。開始收起真心話，是在工作了一段時間以後，發現真誠很蠢，便學習虛偽，「成熟」起來吧。十年八載後對假人假臉多少有點厭倦，又懷念起昔日單純的同窗友誼，這就是中年重聚的原因。但一方面珍惜純樸的回憶，同學之間卻又同時暗自比較。「最不想你成功的，就是你的同學。」曾聽過有人這樣說。男人不會講，卻在心中比較誰

賺錢多，誰職位高。當然啦，若那是靠旁門左道或搖頭擺尾換來的錢和職位，自然也成為同學們嘲諷的對象。女人會講，經常講，不在當事人面前，而在背後。誰的孩子入到名校，誰的孩子在校際音樂節得獎，誰的丈夫有小三，誰在明年將要結第四次婚……

當然，也有一些同學在失聯十年後仍繼續失聯。我讀大學時有個很要好的同學，畢業後頭幾年幾乎天天見面，一起走過那段仍未找到人生方向的迷惘日子。她有了丈夫和孩子之後，朋友就可有可無了。曾是無所不談的朋友，後來竟成了陌生人。人類處理情感的方式再次令我刮目。

最好的朋友

> 其實他不是沒有朋友，
> 只是不想麻煩別人。
> 時常為別人設想的人都
> 不想麻煩別人。

一直很喜歡那些表面冷淡、內心卻熱烘烘的人。

韓劇《未生》有一段講職場新人安英怡不斷遭父親苛索金錢，由中學開始已連踩幾份兼職養家。她終於考入大企業，但每次千辛萬苦積來一點點收穫也總會被父親摧毀，這位父親甚至不知羞恥地向女兒的上司借錢。

除了無止境地為父親還債，安英怡還因為在公司表現出眾而遭前輩欺凌。那天下班，受盡委屈的她上了巴士，同是職場新丁的張克萊發現英怡在巴士站長椅遺留了文件，急忙追上車把文件奉上。這時他注意到望向窗外的英怡正在流淚，於是他別過臉去，在下個站靜靜下車。安英怡回過神來，發現克萊已不見了，便發個訊息問他什麼時候下車的，還沒來得及說再見，張克萊就回了「再見」兩個字。

世間善良的人不多,善良而優雅的人更為罕有。堅強的安英怡一定不想被人看見她哭了,所以張克萊看穿而不說穿,也不過問別人的私事,因為人家想講自然會講。有這麼一種人,除非跟知己相逢,否則並不多話,卻時時刻刻都在觀察,發現朋友有需要就會立即行動。

這麼好的人一定有很多朋友吧,現實卻往往相反,像劇中的張克萊非常孤單,難過的時候,感覺自己連一個能一起散步的朋友也沒有。其實他不是沒有朋友,只是不想麻煩別人,時常為別人設想的人都不想麻煩別人,孤單卻還是自己想像的成份比較多吧。後來當張克萊有困難,所有人都湧來幫忙,就連往日最自私的人都站出來,因為太多人在落難時得到他靜靜地伸出援手。種什麼因,就得什麼果。有些人就是先苦後甜。

要是身邊有個像張克萊這樣的朋友也真有福啊。如果沒有,就乾脆自己去當個這樣的人吧。有些人身邊總是聚了好人,那不是運,而是果。願你也為自己創造好人緣,好結果。

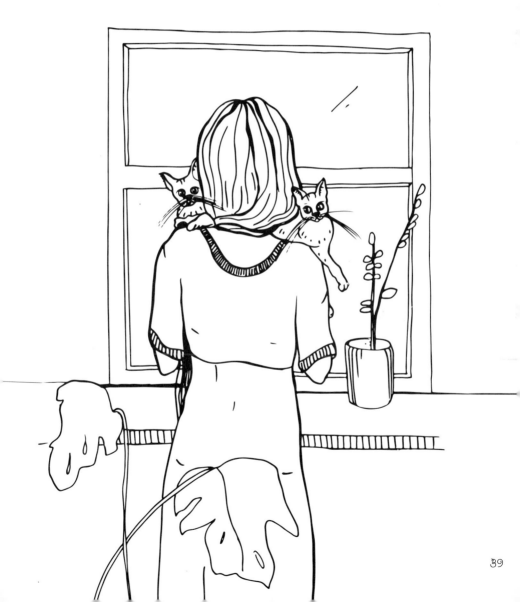

一轉眼
卻要告別校園

假如我早一點察覺
「一轉眼卻要告別校園」，
那麼我就不會
「一天一天在期待放學」，
以為在學校有無盡的時間，
以為能跟好朋友在一起
是理所當然。

還記得中學畢業時唱過：「一天一天的我在期待放學，一轉眼卻要告別校園……」潘源良只用一句便寫出了17歲的心情。上學的時候期待放假，畢業後卻懷念上學。兩年多的時間，學校因為疫情而多次停課，聽教書的朋友們說，學生們反而懂得珍惜在學校的日子。

回憶中，學校生活就像秘密花園裏的時光，彷彿是發生在另一個世界的事，有些人以為自己已經忘了上學的經歷，卻在很多年後突然沒由來地湧上心頭。外國有位年近六十的大叔鬱鬱寡歡了半世人，還一直看精神科醫生。原來他少年時曾在學校遭到欺凌，年過半百夢魘仍揮之不去。有天突然接到舊同學電話約他出來道歉，到達後竟見全場坐滿了舊同學，都已是皺紋滿臉的祖父母了，步入晚年，卻對少年時的欺凌行為十分悔疚，成世唔安樂，很多人都希望能在死前道歉。十幾歲做過的事，遺憾了一輩子。

每個班房裏幾乎都有一個被欺凌的對象。中三那年有個同學被排擠，我沒當一回事，跟她做朋友，然後我也開始被排擠起來。我本來就不合群，不怕被排擠，但我很怕煩，我被歸類跟她一夥之後，轉堂時同學們不再幫我霸位，筆記不再預我一份，我很討厭處理這些瑣事，便不理她了。有天她從後跑上來，在我肩上用力拍了一下問：「你現在就不認得我嗎？」長大後，我經常想起這一幕。細個唔識諗，那時她大概很受傷吧。我用過很多方法希望找她道歉，卻找不到。女仔與「埋堆」，會排擠、嫉妒，但在我個人的成長經驗裏，這種事只在中四之前發生，再大一點，我們都嫌這樣太無聊幼稚了。

假如我早一點察覺「一轉眼卻要告別校園」，那麼我就不會「一天一天在期待放學」，以為在學校有無盡的時間，以為能跟好朋友在一起是理所當然。

再見了，竹內結子！

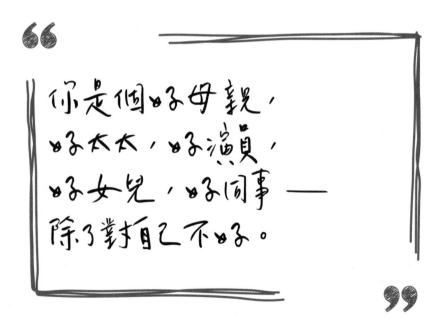

> 你是個好母親，
> 好太太，好演員，
> 好女兒，好同事——
> 除了對自己不好。

2020 年 9 月 27 日，40 歲的日本女星竹內結子在家中自縊身亡，據報道是因為生完第二胎就患上產後抑鬱。

我不會 judge 你，因為你的痛苦只有你一個人明白，我不能說我明白你有多痛苦，我只能想像一個女人，一個母親，一個名人，一個演員，到底承受多大的壓力。

毫無疑問，這是一個不知所謂的世界。明明已經努力到牙血都出埋，卻絲毫改變不了什麼，覺得自己很沒用，快要被無力感吃掉。你是那麼美麗，對朋友有情有義。你是個好母親，好太太，好演員，好女兒，好同事——除了對自己不好。

其實你不用每件事都做到十全十美，不用每件事都力求符合所有人的期望，什麼是「十全十美」？誰的標準？誰的定義？有誰的定義比「你」下的定義更重要？別老是把自己放到最後啊，多點善待自己，好嗎？

在工作上你也是全力以赴，很累，對吧？而且覺得無論怎樣努力都沒有人懂你，根本沒有人注意到你嘔心瀝血力求做到最好，路上只剩自己孤單一人了。

戲劇有一句話：「Play for your love.」就算台下只剩一位觀眾，就算所有人都不明白你，但只要有一位，就那麼一位明白你的觀眾，就值得全力以赴為他演出。地球上真的連一個明白你的人也沒有嗎？明白你的人未必很多，但一定有，其實你並非想像中那麼孤單。

這是一個不知所謂的世界，壞人那麼多，到處都是不公義。雖然如此，我還是隱隱感到這裏有著一些值得我留下來的人，這裏有值得我奮力一搏的原因。

不要站在今天去審判你的一生。你會變，世界也會變。今天的你很痛苦，但你又怎能肯定一年後仍跟今天一樣？如果今天自己棄權離場，以後就再也沒有「如果」了。

好唔捨得你。

懷念你的微笑，你的一切。

有緣有份

> 見與不見，
> 只在於你有幾想見。
> 要變的人變了，
> 剩下來依然在平實的路上
> 慢慢前行的朋友，
> 我不想錯過有機會
> 再次並肩而行的時光。
> 趁有得見，約出來見。

很多人問我信不信緣份。我多年前就在書中寫過，我信，但緣和份是兩件事。兩個人能夠在茫茫人海相遇，是緣；然而相遇之後，雙方有否共同付出去維持這段關係，卻是份。

「忙」是一個天大的理由，亦即廢話。見與不見，只在於你有幾想見，忙算什麼？有些舊同學畢業之後就沒有聯絡，其實就住在我家兩條街以外。各自都為生活拚得很厲害，去找對方會不會是一種干擾？關心會不會是一廂情願？對方會不會以為我有目的？約一餐飯都要「鼓起勇氣」，很抱歉這也是「成長」的一部分。

有些人跟讀書時完全是兩個人。大家都說，啊，他變了。總覺得那人年少時曾跟你一起踢波、追女仔、一支汽水兩份飲，那就是個好人，是投身職場後社會荼毒了他。讀書時代，彼此之間不涉利益，工作卻不同了。

世界不會荼毒任何人，只會考驗人。

在學校裏受到的考驗無非是一份考試卷，畢業後在江湖誘惑處處，考驗的是人格。所以呢，究竟是那人變了，還是他本來就是這樣，只是從前沒有被考驗而已，後來遇上照妖鏡就原形畢露了？我相信那關乎性格與經歷。15 歲時善良單純，45 歲就一定不會做壞事嗎？三十年來他到底經歷過什麼，這些經歷對他又有什麼影響，只有他自己知道。相近的經歷，發生在兩個不同性格的人身上也有不同影響。

由少年到中年雖然不過十幾二十年，卻是一段很長的路，有些人年少時也不會想像到自己有天竟變成自己最看不起的人。但正是由於變數太多，才更要迫著自己「鼓起勇氣」約出來見。要變的人變了，剩下來依然在平實的路上慢慢前行的朋友，我不想錯過有機會再次並肩而行的時光。

緣和份，我覺得份比緣珍貴得多。

夫妻的日常

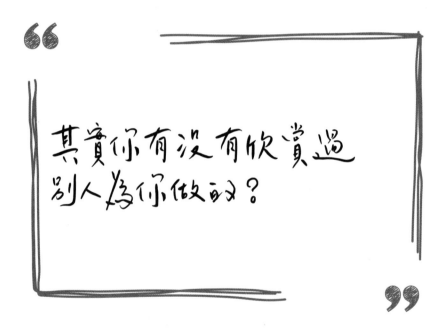

其實你有沒有欣賞過
別人為你做的？

日本餐廳裏，一對夫婦和女兒坐在鄰桌。妻子因為不滿印傭的工作表現而跟丈夫吵起架來。

「你每日放工回來只看到家裏整齊的一面，但你知道白天我花了多少精神去督促傭人才有這樣的成果嗎？你就只會享受！」女人咆哮。

我一邊吃著壽司，一邊點頭認同有理有理，男人都是這樣，下班回家就只會躺在梳化看球賽。

丈夫拍檯大罵：「我從未見過這麼好的工人，有問題的是你呀！是你呀！你醒醒吧！」

嘩，這男人嫌命長嗎？我以為他跟女傭有一腿，但再聽下去我只能同情這個男人和女傭了。他說：「印傭來住了足足半年，你連家裏的 wifi 也不肯給她用，我想極都想不通你這樣做到底有什麼必要？」

「我點解要益佢？想上網就自己買數據。」

「天呀……你吃這頓日本菜已經等於她整個月薪水！讓她用家裏 wifi 又不妨礙你，何必計較？」

「她蠢！一個上午來問我十幾次 excuse me mom，煩到我無法休息，你怎會知道我有多累！」

做她的外傭真不容易，換了是我大概第一天就被炒掉。問了才做，娘娘話煩；不問而做出來不合心意，娘娘發癲。問與不問都是死路一條。

我的一位朋友悄悄慨嘆：「要不是為了一對仔女，我早就同老婆離婚了。」他再也無法忍受妻子像瘋婦一樣罵女傭，現在連看見妻的背影都覺得煩厭。妻入院生仔，在醫院從早到晚盯著家中閉路電視監控女傭有否

偷懶。女傭一坐下，妻就打電話去罵，小屋只四百呎，花半天什麼都擦亮了，不坐也不知能站到哪裏。

餐廳裏的夫妻吵得太激烈，一直當心他們若然動武我得閃避，讓我吃飯也很大壓力。男人說：「我見她經常拿著中菜食譜，一個印傭努力學習為我們做中菜，交託的事她也盡力做了，可能未必符合你的要求，但老實說，我別無所求。其實你有沒有欣賞過別人為你做的？」

丈夫最後這句的「別人」，不知是指印傭還是他本人。整頓飯，那七、八歲的女兒一句話也沒說過，吃罷就木無表情地坐著，然後夫婦倆第一次沉默下來，也許嘴巴太累，就連我這路人甲看著都覺得累。

中環三太子

> 如果張國榮、陳百強和鐘保羅沒有選擇輕生，後來他們會再次成為好朋友嗎？

跟前輩聊起，才知原來張國榮、陳百強和鍾保羅當年合稱「中環三太子」。三人曾是好友，都有貴族氣質，卻都選擇了輕生。

翻了一下舊日的訪問和報道：1980年，這三位小生共同出演了青春電影《喝采》。導演霍耀良憶述：「那時哥哥（張國榮）剛從英國回來，我從未見過那麼飄逸時尚的年輕人，他講話都是一半中文一半英文。」於是霍導演在1981年請他和陳百強、鍾保羅合演《失業生》。三位翩翩美少年，反叛、迷惘、浪漫。Danny（陳百強）飾演熱愛音樂的少年，與榮少（張國榮）一見如故，鍾保羅演Danny的弟弟，三人肝膽相照，後來卻在現實與理想之間各自選擇，分道揚鑣。最後Danny終於開了演唱會，在成功的時刻懷念昔日好友，想重新來過卻已回不去了。

沒料到，這就像現實中他們三人的友情。鍾保羅於1978年加入商台做DJ，兩年後轉往麗的電視（亞視前身），拍劇時遇上車禍，陳百強、張國榮等人還為他舉行演唱會籌手術費。後來鍾保羅開始在TVB做司儀，後生靚仔又有急才，大show司儀幾乎都由他包辦，卻在當紅時從高樓躍下，年僅三十歲，報道稱是因為債務問題。

陳百強在三人中最先走紅，即使多年後的今天，再聽他唱歌依然驚訝人間竟有如此清澈透明的歌聲，他一開口唱歌便神采飛揚，而且大部分的歌都由他作曲，是香港第一代創作型偶像歌手。張國榮卻捱了好一段日子才出頭，然後一飛沖天，追過了陳百強。傳媒經常拿他們二人比較，還傳出二人不和，而兩人都是追求完美的藝術家。

1992 年，陳百強以酒送服安眠藥，昏迷了17個月後去世，才 35 歲。十年後，哥哥從文華東方酒店一躍而下。

戲裏戲外，「中環三太子」的故事見證了成長的殘酷和耀眼的青春。有誰可以在漂泊半生之後，仍是《失業生》裏的燦爛少年？

初戀

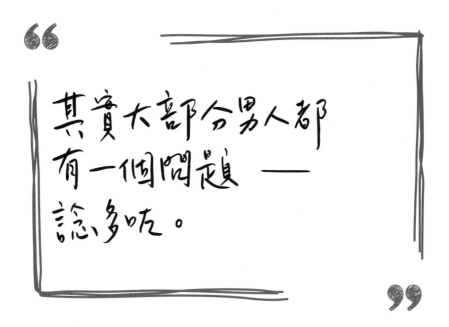

> 其實大部分男人都
> 有一個問題 ——
> 諗多咗。

因為職業病的緣故，我常會問起別人的初戀。

出乎意料，居然很多人說多年後再見的初戀情人變化不大，有兩位大叔甚至告訴我三十年後重遇初戀，對方不但完全沒變，還比三十年前漂亮得多。二十歲跟五十歲「完全沒有分別」即是他的初戀顛覆了地心吸力。但就算外貌沒有崩壞，性情人格在三十年後又能否保持？「完——全——沒——變！」大叔斬釘截鐵。「她最吸引我的是跟三十年前一樣純到有點憨。」Well，如果有人這樣形容我，不知應該高興還是生氣。女人「憨」是吸引異性的優點。Goodness me。

我想起《莊子》裏，孔子對顏回說「交臂非故」。「交臂」是指兩個人擦肩而過，就這一剎那，我已不再是原來的我，你也不再是原來的你了。三十年後完全沒變？起初我以為年紀大出現幻覺，後來想想才發現那些被我訪問的人全都沒有跟初戀結婚。要是結了婚，不知今日是女巫還是女神。

有一位年約五十的男士（為免被他老婆認出，在此化名馬大叔）在大機構做總監，薪高糧準，兩個兒子都讀名牌大學，生活安定，家庭幸福。他在基層家庭長大，讀書成績不錯，考入香港大學。女同學 Florence 是

富家小姐，喜歡古典音樂，愛讀 Charles Dickens，放暑假會去歐洲行 museum，當年的小馬由暗戀到明戀，沒想到竟在一次觀星營成功贏得女神的芳心。甜蜜拍拖三個月後，Florence 卻突然要去英國讀書，臨走前給小馬在 call 機留了一句說話。是的，那是連手提電話也尚未流行、大家仍在使用 call 機（傳呼機）的年代。誰知小馬打電話到 call 台查詢留言時，服務員竟然說：「不好意思，馬先生，你未交台費。」想聽留言就必須先付清費用，窮到燶的小馬卻怎麼也無法籌到台費，call 機被 cut 了。

女神的最後留言成了一個永恆的謎。

那句未知的說話給這笨蛋提供了三十年的幻想空間——啊，Florence 給我的最後一句說話到底是什麼？是「我永遠不會忘記你」？還是「其實我不想離開你」？呀！說不定她要我等她從英國回來，然後嫁給我……

其實，大部分男人都有一個問題——諗多咗。

當年的小馬已經變成今日的馬大叔。他一直很想尋回女神，問她當日的留言究竟是什麼，卻用盡方法仍找不到 Florence。

浪漫是什麼？就是擦身而過，卻沒有
然後；就是曾經開花，卻沒有結果。
人總是希望世上存在永恆不變的東西，
即使現實變了，那個人在回憶裏卻由始
至終也沒變過。

我想起韓劇《我們的藍調時光》
（*Our Blues*）。故事講述一班在
濟州島長大的同學二十多年後重逢，
（以下含劇透）其貌不揚的女生
愛上英俊而且充滿魅力的校草，
主動向他示愛。女孩為供養弟妹，
中學畢業便賣魚養家，男孩則
離開鄉郊到首爾讀大
學，任何人都會覺得
是女生高攀這個前途
無量的神仙男孩吧。

二十多年後，男人成了銀行分
行經理，妻子陪著女兒在美
國當職業高爾夫運動員，
賣魚女則已成潑辣大媽。

男主角因公事回到自己成長之地濟州島，西裝筆挺的他在漁販老同學面前似乎是人生勝利組。但表面風光，內裏滄桑。他上班對著客人卑躬屈膝，女兒的比賽成績強差人意，夫妻為支付女兒在美國的教練費而到處借錢，聲名狼藉。妻女都想放棄，男人卻堅持要女兒繼續追夢，夫妻爭吵不休。賣魚女則憑著勤奮苦幹而連開五間分店，成為濟州富婆。男主角山窮水盡，這位有錢大媽成了借錢的最後希望。當大媽站在門外，男人掙扎了一下，決定把妻女的家庭照收起，我不禁吐出一聲「Oh no……」。是的，他準備做鴨。

男人邀約大媽單獨旅行，謊稱已跟老婆離婚。真相被揭穿時，大媽痛哭了。「我剛失去了一位畢生摯友！」想借錢何不直接講？為什麼要利用美好回憶？最殘酷的不

是外貌崩壞，而是一生中最美好的時光已一去不返，她珍而重之的青春回憶亦已粉碎了。

這部劇精彩之處在於對各人內心掙扎的細膩描寫。男主角車勝元演技無懈可擊，從內心隱隱滲透出來的負能量包圍著他，絕望、妒忌、內疚和無地自容。我很早就脫離了體制成為自由寫作人，也沒有生孩子，現在仍過著跟 23 歲時沒兩樣的生活，因此對大部分上班族和作為父母的掙扎沒有很大感受，但我明白為何有中年男人說「看一集哭一集」，對很多人來說實在很有共鳴吧。

讓我感受更深的是「明天的事誰能料」這個道理。當年誰都認為是不美的窮家女高攀美麗男孩，二十年後這個男人卻妒忌大媽。不是錢，而是他早已失去的幹勁和風采，這個矮矮胖胖的潑辣大媽發光似的，男人仰慕的不只她的財富，更生起了一種在心靈上依賴她的衝動。

為了生存，湊客自貶做小丑。難堪是當然的，但日子久了就會習慣，變成一個沒有棱角的人。沒有脾氣，不可以有脾氣。難道這就是你夢想的生活嗎？

來世不再見

「這輩子我們要做的，
我們兩個已經做得很好，
有今生沒有來世了。
這輩子我對得起你、
你對我好已經足夠。
不要再見了，
不能再見了。」

因為電影《梅艷芳》，我又重新看了一遍劉培基的訪問。最精彩的當然是黃霑、蔡瀾和倪匡主持的《今夜不設防》，當時劉培基風華正茂，好沙塵，說話舉止很有魅力。八十年代，他在香港是名字響噹噹的設計師，為梅艷芳、張國榮設計造型。曾經如此輝煌的人物，後來在訪問中說：「我不相信有來世今生，但如果真有來世，我不想再做人，做一塊石頭就好了，不要有感情。」

知道他的童年，也許能略為理解他這句說話。劉培基八歲被送去粉嶺寄宿學校，三年級時家裏不再交學費，院長夫人為了「殺一儆百」，把他抓出來在全班面前打一身，洗廁所、擦地板都由小小年紀的他包辦。母親改嫁，跟 11 歲的兒子說：「我不再是你媽，你以後不要叫我做阿媽。」當時劉培基心想，我等你這句說話很久了，一滴眼淚也沒流過，一個人走到學校的天井看月亮。

「我不會受這個人或這件事影響，我要做一個更好、更努力的人。」

他只讀到小五就被送去裁縫店跟上海師傅做學徒，省吃儉用去學英文，儲錢去英國讀時裝設計。終於儲夠錢買了機票，他說很「後悔」自己太純真，臨上機前給母親打了電話，講一聲我現在上機了，沒想到只換來對方冷漠的回應。後來他成為香港炙手可熱的設計師，在展覽會上遠遠看見母親的身影。

「不可在意，因為在意就會有期望。」

母親離世時他去鞠躬，在心裏對母親說了一句：「人一定會有今日，既然如此為何當年大家不能好一點？」

自小看盡世態炎涼，成名後走過事業高低。在電影中，飾演梅艷芳的王丹妮對飾演劉培基的古天樂說：「希望下輩子你都這麼疼我。」現實中的劉培基卻說：「這輩子我們要做的，我們兩個已經做得很好，有今生沒有來世了。這輩子我對得起你、你對我好已經足夠。不要再見了，不能再見了。」

Anita

"

我一下子醒了，
原來人生一切哲理
都在這首歌裏，
它講述從前美好的愛情如
今已經失去，明明很悲慘，
梅豔芳卻唱得像個女戰士，
一個傷痕纍纍的女戰士。
好sad，但好有型。

"

在梅艷芳的所有歌之中，我小時候最喜歡《心債》，長大後最喜歡《夢伴》。以前就當一首快歌來聽，直至畢業幾年下來沒有一件事情順利，工作上很迷失，拍拖總是愛錯，有晚搭的士聽到電台正在播《夢伴》，我一下子醒了，原來人生一切哲理都在這首歌裏，它講述從前美好的愛情如今已經失去，明明很悲慘，梅艷芳卻唱得像個女戰士，一個傷痕纍纍的女戰士。好 sad，但好有型。

一位讀心理學的朋友其中一課是繪畫分析。導師拿出多位名人的畫作，要學生猜猜是誰人畫的，大部分都難以猜到，唯獨梅姐畫的眾人一看就知，那是她剛開始紅的時候接受訪問，記者請她畫的。透過繪畫能看到潛意識裏的童年印象，相信很多人已從新聞得知梅艷芳母親和哥哥的為人。一個四歲半開始出來登台跑江湖、只讀到中二的女孩，沒有父親，傳記式電影《梅艷芳》

有這句「我是個很自卑的人」，卻又是天上的星，是一代傳奇，她內心的脆弱跟外在的剛強形成強烈對比。梅姐朋友滿天下，但每次想起她，總是想起「孤身走我路」。寂寞的身影才美，才有詩意；熱鬧溫馨顯得俗氣平庸。想要什麼，先付代價。

有次在演唱會上，梅艷芳對張國榮說：「你是我在圈中唯一的朋友。」張國榮立即補上：「別這樣說，你在圈中有很多好朋友呢！」那看來是梅姐口快快的一句，Freudian slip 卻也反映了她的寂寞。朋友多，盡在不言中的又有幾個？人生很難，正因如此，她常常幫人，希望別人受少一點苦。那麼好的人，為什麼早死的總是好人。

電影裏我最喜歡的一幕，是 18 歲的梅艷芳在街上昂首闊步，曲髮飄揚，與行人擦肩而過，正準備參加第一屆新秀，展開星途。

我永遠無法忘記梅艷芳的青春、堅強與溫柔。

從前有個地方
閃閃發光

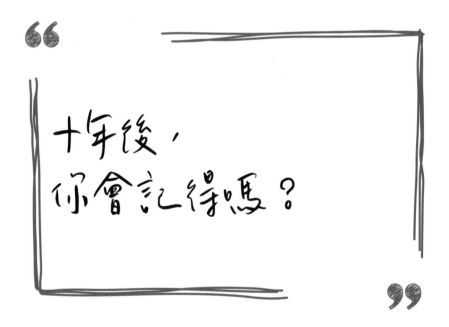

> 十年後，
> 你會記得嗎？

全世界最美的夜景在香港，沒有之一。

這不是因為我是香港人才為自己的家鄉說好話，事實上香港的缺點多的是，但看過很多地方的夜景後，我覺得世上實在沒有任何一個城市有香港一半的美。只有香港，每到夜晚，燈火密集如銀河。這夜景我看過無數次了，但無論看多少次，我每次看著依然都會被那無與倫比的美深深感動，還有那無與倫比的悲傷。嗯，我輕輕跟自己點個頭，我還是可以繼續下去的。

香港看夜景最著名的地方是太平山頂，但我個人最喜愛的地點是龍翔道和飛鵝山。為外地讀者簡單介紹一下：香港是由南方的「香港島」、「九龍半島」和北方的「新界」組成（還有一些島嶼）。相比在山頂俯瞰港島中環商廈和豪宅，我更喜愛在龍翔道和飛鵝山俯瞰九龍的民居。放眼看去，萬家燈火，密密麻麻的高樓大廈填滿這個小城。香港人勞碌半生只為擁有一個如同火柴盒的小房子，裏面有個轉身都覺得困難的浴室和一個永遠頂腳的窄小睡房。從遠處看，每一點光都渺小得可有可無，可是每一點光都是一個家，一場人生，在霧霞中微微顫動著的燈火彷彿在訴說每一個人的故事。這些人雖然有疲倦的時候，卻有著拚命活下去的生命力。

這裏其中一點光是 Fiona 一家。從 YouTube 看到 *CNA Insider* 的紀錄片，（CNA 是 1999 年開播的新加坡媒體），報道了一個香港家庭於 2021 年移民英國的過程。Fiona 是一名教師，與四十歲、任職巴士司機的丈夫阿文結婚八年，育有一子一女。夫婦倆在香港月入合共六萬多港元，用 BNO 移民英國，甚至尚未收到英國批出移民申請就帶著畢生積蓄豁出去先以遊客身份入境。記者問他們最憧憬到英國之後過上怎樣的生活，妻答：「睡覺和看電視。」夫答：「房子大些，在床的左右兩邊都可以落地。」

拿著飛往英國的單程機票，他們一家四口來到英國西北部 Cheshire 一個名叫 Crewe 的城鎮，立即四出找屋租、找工作，一邊心急如焚地等候英國政府批出簽證。整個過程並不容易，由申請簽證、call 車、租屋等等大部分事情都是 Fiona 處理的，阿文不大能說英語，他也嫌英國的屋太小。Fiona 無奈地說「他有點眼高手低」，電器、床等等丈夫都想買好一點的，可是還未找到長工，靠積蓄只怕坐食山崩。「邊個唔想嫁吳彥祖？嫁到先得㗎。」她說。面對現實吧，這是她處理問題的原則。

丈夫阿文雖然不大能說英語，但看來也適應得挺不錯。他駕車送外賣，一天連小費收入大約 60 英鎊，在車內用手機上網就有廣東話導航。「幾好呀，送吓外賣，聽吓歌，睇吓英國風景，哈哈。」他相信拿到簽證後就可以當貨車司機，收入大增。

結婚八年，兩人當初是踩單車時認識的。喜歡她什麼？「幾斯文，又做教師，好似幾犀利呀……」喜歡他什麼？「機緣巧合啦，講起都後悔。」

在香港窩居的最後日子，他們得選擇帶走什麼，丟棄什麼。看看掛在牆上的婚紗照，那時的妻苗條美麗。阿文把婚照撕下來喃喃自語：「這東西掛著用來辟邪……」然後妻發現行李箱早已塞爆了，「可是我還要把電飯煲塞進去啊！」丈夫：「電飯煲怎可能塞得入行李箱？」「你部遊戲機又塞得入？」丈夫識相地保持沉默。女兒生氣地瞪著母親把她的玩具從行李箱逐件抽出來。

面對現實。一輩子從未想過移民的 Fiona 在風浪中掌舵，一家連根拔起由香港來到陌生的國度。最初在包裝公司做兼職的她才幾星期便抓住了機會，轉而為職介所安排新來的港人在當地做散工，很快她就簽了一百名新來的香港人。Fiona 獲聘為全職長工，心就穩了。

一位在香港居住了 33 年、廣東話跟我一樣流利的美國女士對香港人的觀察一針見血── practical。評估形勢,為自己打算,為子女打算。記者問阿文夫妻:「十年之後,你們仍會覺得自己是香港人嗎?」兩人落入沉默。最後,妻說:「嗯,這個問題很複雜⋯⋯我很少想將來。」

女兒在英國上學了。起初不大聽懂英語,但老師們很照顧她,同學們非常友善,很快就打成一片。第一天放學時,一個女同學還特地過來給她抱一下,我有點羨慕,我由幼稚園到大學都在香港讀書,從未有同學來擁抱我。小孩要適應一個新環境,往往比大人容易得多。

有天,女兒帶了一張香港的報紙回學校,上面以中英對照印著關於香港的新聞,她很雀躍想用廣東話給同學們朗讀新聞。老師把英文那面摺起來遮蓋著,只向孩子們展示他們看不懂的中文那面,因為她認為孩子們年紀太小,未完全適合看。後來阿文溫和地問女兒:「為什麼要帶那份報紙回學校?」女兒沉默了一下說:

「那是有中文和英文的。」「但為什麼呢?」「我想介紹給同學們知道。」她才六、七歲,真的未必完全明白那則新聞,卻「想介紹給同學們知道」。父女對話這一幕,我忍不住看了幾次,這個揹著粉紅色書包的小女孩,我很想在十年後問她:「你仍覺得自己是香港人嗎?」然後我又覺得自己太傻,太苛刻。連她的父母都無法回答,我怎能要求一個孩子記得什麼。在新的家交了新朋友,有了新生活,忘了過去也很正常,畢竟在香港也只是一個狂做功課、瘋狂測驗默書的童年。

我只是在心裏默唸,孩子,你會記得嗎?那夜景會在你心裏留下一點痕跡嗎?

有時無心的散聚
後來讓誰住心裏

這本書不只寫給
「仍在一起」的朋友，
也同時寫給「不再在一起」的朋友。
二十幾歲是我人生中最苦的日子，
那時他們都在我身邊，
即使後來分道揚鑣，
也不必否定過去。
誰變了，誰依舊，
在乎的人必再相逢。

也許每個人都曾經有一位無所不談的朋友。然後有天，沒有吵架，沒有翻臉，不知怎的就突然在彼此的生命中消失了。

大學畢業後那兩三年，我和 Ella 一星期見面五次。晚飯後幾乎一定相約喝酒，有時喝到凌晨三點，第二天上班依舊精力充沛。順道一提，我在這本書寫的都是真人真事，用了化名，也改了一些細節來保護當事人的身份。

Ella 是我的大學同學。那時我有一科 elective 是考古學，同學們來自不同主修學系，在考古課出過幾次 field trip 之後就跟同組混熟了。Ella 是其中一員，她讀理科，我主修新聞系屬社會科學院，上課地點不同，而中大基本上是一座山，雖然上同一所學校，但在校園內碰面的機會比香港人在東京旅行時碰見朋友的機會還小。

我們組有八個人，每月搞兩次聚會，當然跟考古完全無關，而是吃喝玩樂。他們平日也會相約在校園內一起午飯，或一起賴在宿舍消磨時間，所以他們很熟，我則因為太忙而少有露面，每月兩次的聚會也幾乎不參加，忙著拍拖、兼職和思考不切實際的問題（例如人既然

必有一死，為何仍要努力活著？想了半生，後來寫了《鬼故》這本書從另一角度去思考）。

在大學那三年裏，我跟考古組同學並不親近。奇怪的是畢業之後更忙，我們卻突然變成一星期見面五次。你說，什麼人會出現在你的生命裏，是否就像什麼時候會下雨那般毫無預兆？

我已忘了那些頻密的會面是因何事開始了。我畢業後第一份工是在報館當記者，上班時間名義上是下午二時至晚上十一時，但上午也經常有採訪工作，Ella 則在中學教書。我們經常約在晚上十一時後的 Winter Bar，交換白天荒誕的職場見聞，狂笑一頓，或痛罵渣男，大哭一場。大概每個女人都必會經歷痛愛渣男的階段吧，那是一個「階段」，意味著那只是人生的中途站而不是終點。當然也有些女人在中途站就止步了，沒有再走下去，因為她們不知那只是中途站，誤會了那是三生三世命中注定的歸宿，然而大部分女人蠢過一次、兩次、三四五次而被害得雞毛鴨血之後，最終都會醒覺自己是多麼白癡，然後只能歸咎「那時我一定撞邪」。

我和 Ella 的活動不久就多了一位成員。Sam 也是考古組的一份子，只是畢業之前我跟所有組員都很生疏，包括 Sam。然而從某天起，他每星期總有兩三晚跟我和 Ella 在晚上十一時後出去喝酒，或一起到大牌檔宵夜，第二天醒來到會計師樓上班。那時 Sam 剛剛跟 Chloe 分手，因為是被女生甩掉所以滿腹怨憤，跟我們聊天正好有機會發洩。

我們都很清楚他被甩掉的始末，可能比他本人更清楚。Chloe 也是考古組的成員，她以前喜歡一位師兄，但當時師兄有女朋友。Chloe 開始同 Sam 拍拖，直至畢業一年後提出分手，那時師兄已回復單身，Chloe 很快就跟師兄在一起。

Sam 認為這女子一腳踏兩船、他本人比那什麼師兄本事得多，總之就是自尊心受創，接受不了被女撇的事實。他拍檯拍凳罵前度的時候，我和 Ella 就喝酒。其實我們全組（除了他本人）都知道 Chloe 想分手的真正原因是跟 Sam 一起不開心，Chloe 講的心事都被他一一否定，Sam 滿腦子都是自己的計畫，而這些計畫裏並不包括 Chloe。對他來說，女朋友作出配合是天經地義。女生在難過時沒有得到男朋友的支持，

開始問自己「同佢一齊到底為乜」也很正常吧。其實就算沒有師兄，兩人價值觀不同，嚮往完全不同的生活方式，鬧翻是遲早的事，分開對大家都好，問題是被撇的一方條氣唔順。我們就由得他數落前度發洩一下，反正他除了發洩就什麼也做不了。

就那麼一次，考古組八位同學齊集在我家打邊爐。平日我極少邀請朋友來我家，除了 Ella。我自大學畢業後便一個人住，Ella 在我家有一套專用酒杯。我們通常由紅酒開始，於 Cognac 結束。話題是聊不完的，工作上的困難和滿足感、她的學生和我採訪過的人、奇形怪狀的同事和超越想像的上司……

然而我最大的煩惱是無時無刻都感到困惑。我不知自己可以做到什麼，假如真的做到了，又如何。我的存在會令世界變得不一樣嗎？地球已經這麼多人，我出生，或從未出生，有分別嗎？為了尋找答案，我活得很用力，雙手卻常常抓空，舉目四顧，看不見岸，如果當時有人可以教我，也等於救我，那該多好，可惜我沒有遇到那樣的人，只能漂泊，漂進虛無。

我本來以為戀愛可以帶來希望，但很快就失望，男朋友不明白我，結果總是「小姐你好大脾氣」，然後換成另一個我以為會明白我的男朋友，於是很自然被與我相似、有同樣追尋的男生吸引，啊，終於找到跟我想法一樣的人了，終於不用孤單了，可是 the blind leading the blind，兩個性格相似的人搭同一條船，即沉。

所有美好的東西最終都會消失，那時我是這樣想的。曾經毫無保留地愛，後來還不是分開。無論當初多麼美好，最後也只會落得失望。世上有什麼是永遠不會消失的嗎？我渴望永恆，費盡力氣尋找，卻總是落空。西藏的僧侶花很長時間用牛油精心繪製絕美的圖畫展示在寺院外，可是太陽一出來就會溶掉，提醒人們生命就如朝露。當時我無法理解，感到絕望又難過。Ella 卻認為我想這些事情很奇怪，她對實際生活以外的一切完全不感興趣，我便不跟她談這些，而回去談她能理解的事情。那時自以為是的我聳聳肩，告訴自己無所謂吧，反正也不見得有其他人明白我。

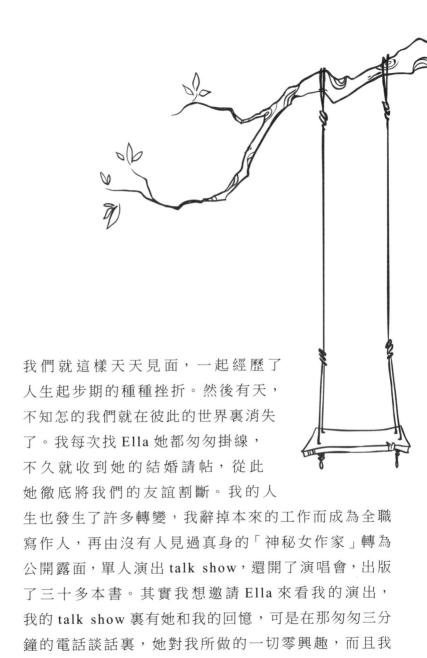

我們就這樣天天見面，一起經歷了
人生起步期的種種挫折。然後有天，
不知怎的我們就在彼此的世界裏消失
了。我每次找 Ella 她都匆匆掛線，
不久就收到她的結婚請帖，從此
她徹底將我們的友誼割斷。我的人
生也發生了許多轉變，我辭掉本來的工作而成為全職
寫作人，再由沒有人見過真身的「神秘女作家」轉為
公開露面，單人演出 talk show，還開了演唱會，出版
了三十多本書。其實我想邀請 Ella 來看我的演出，
我的 talk show 裏有她和我的回憶，可是在那匆匆三分
鐘的電話談話裏，她對我所做的一切零興趣，而且我
感覺那段談話妨礙了她緊湊的日程，那就算了吧。

其實結婚之後是不是要移民去另一個星球?以前在地球認識的朋友要從此失聯了?我認識一些結了婚等同斷六親的女人,拚命籌備新屋,拚命「造人」,還未懷孕就拚命為孩子搶報精英幼兒班和play group,為將來入名校鋪路,為了經營婚姻和建立自己的家庭而豁了出去。她們通常會在生了孩子之後重新參加朋友聚會,而朋友(或「戰友」)全是帶著孩子的拚命婦女,講湊仔、考名校、讓孩子學三種樂器五種語言及游水劍擊乒乓球,為孩子製作200頁「履歷」報考幼稚園。我毫不懷疑母愛之偉大,但這種婦女聯誼會沒有我的位置。

我倒是有一位好朋友Ming,由少女到做了母親依然跟我感情要好。我在中五那年到伊莉莎伯醫院做了一個月義務暑期工,認識了很多來自其他學校的學生,包括Ming。我分別在兒童病房和成年女性病房各工作了兩星期,每天八小時,親眼目睹癌症孩子如何頑強抗病,也有跟我同齡的中五女生因病截肢,更莫說死亡是病房裏的日常。這段經歷對我的人生觀和日後寫作有很大影響,我希望今天仍有這項義工活動。

中六和中七要準備考 A. Level，但那時我們讀書挺輕鬆的，仍有很多時間玩，不像今天的學生被壓力迫得透不過氣來。那兩年 Ming 和我常常一起逛街看電影，然後她入了港大，我入了中大，徹底忘了對方。再見已是 15 年後了，她成了一位出色的社工，有兩個正直善良的孩子。現在我們隔天就互通來訊，每月總有一兩次相約吃飯。在日本旅行的時候，她和我會在溫泉旅館爭著睡風口位那張床，以免對方著涼，我們是同一類人。

至於 Ella，上次見面的時候她大著肚子，此後就沒有聯絡了。直到因為一次舊生活動而通了電話，我聽到一把小女孩的聲音問：「誰啊？」

Ella 對女孩說：「你不認識的，我從未跟你提過這位朋友。」接著告訴我：「是我的女兒，六歲了。」

啊，我們有六年沒來往了。如果女孩知道我這個從未被提起的人跟她母親曾是形影不離的朋友，不知會否覺得大人很古怪？還是六歲已經習以為常？我差一點就跟這個小女孩連繫上畢生的緣。六年前，Ella 大著肚子的時候問我能不能做她女兒的 God Mother。

「好啊，但我會讓她自己思考，這個你能接受嗎？」

「什麼意思？」

「就是說，如果她懷疑天主是否真的存在，我覺得 okay。」

「懷疑天主是否真的存在？你是開玩笑吧？絕對不行！我不要你做我女兒的 God Mother。」

很遺憾，Ella 是一位中學教師。「The unexamined life is not worth living.」蘇格拉底這樣說。那麼我相信 The unexamined belief is not worth having。經得起懷疑的信仰才有意義，只有邪教才不容許懷疑。為什麼對自己的女兒如此沒信心？

2019 年以後香港發生了重大轉變。「你先生是什麼想法？」我問 Ella。

「我們不談這些。」

影響日常生活每一個細節的事情，尤其是孩子的教育，竟還有夫妻和父母可以「不談這些」，這並不是我從前認識的 Ella。

我們也聊起 Sam，十幾年沒聯絡了。他大學畢業後從事會計，由 Big Four 到 local firm 再到大陸廠，沒有一家做得長。當他還未從「被女撇」的自尊創傷痊癒，前度 Chloe 已宣佈跟師兄結婚了。姑勿論那段關係中誰對誰錯，前度閃婚的確好 hurt。不久，Sam 就去了美國讀 MBA，極速戀上一位大陸女同學，但女方似乎對他興趣不大。Sam 每天打長途電話給我諮詢感情問題，我快變成乜乜夫人信箱。這位大陸女同學跟他說：「如果你有車，我們早已經在一起了！」Sam 問我該怎麼辦，遲鈍成這樣也難怪女孩生氣了。「她不是叫你買車嗎？」他終於認知到這點錢不能省，就買了。現在他跟這位女士有兩個兒子，一家四口在美國落地生根。

2017 年左右，Sam 曾經回來香港，這是我後來從考古組同學 Maggie 口中知道的。Sam 回港只聯絡了 Maggie，兩人吃了一頓飯。

「十幾年了，他現在怎麼樣？」我很好奇。

「那是我人生中最反胃那三餐飯之一。」Maggie 說。

「何以獲得這份殊榮？」

「那傢伙整頓飯都在罵人。他被美國人看不起，他卻看不起香港人。」

從他在 LinkedIn 顯示的職位大概能猜出為何他的自尊心碎了一地。美國職場可能存在種族歧視，但說實話，他在香港的時候還不是由 Big Four 到 local firm 再到大陸廠，沒有一家做得長。

Ella 和我八卦完 Sam 的事情，我問了她工作如何，女兒和家裏一切可好，她也說了父母的事，然後大家東拉西扯一番。六年沒聯絡，她連一句也沒有問我近況。

無論朋友或戀人，好傾不等於 soul-mate，熟朋友不等於好朋友，這一點我是花了很多年才學會的。好傾只是 talkative，跟我談得來也可以跟其他很多人談得來，我若不在了也會很快把我忘記，一切只是恰巧而已，恰巧在這個時間有這個人在身邊，便一起消磨時光。不是我，也可以是別人。真正的 soul-mate 或好朋友卻為這「恰巧」賦予了意義。

這本書不只寫給「仍在一起」的朋友，也同時寫給「不再在一起」的朋友。曾經一起走過那段路，雖然後來分道揚鑣，也不必否定過去。二十幾歲是我人生

中最苦的日子，即使只是恰巧，那時他們都在我身邊。
誰變了，誰依舊，在乎的人必再相逢。

在林夕寫過無數一流的歌詞當中，我特別喜歡他為
王菀之寫的《忘記有時》：

有時無心的散聚　　後來讓誰住心裏
那時聊天不覺累　　但回味過更空虛
客途來又去的客人　　誰又似至親　真的肯等

難得相逢時　　回頭生疏至此
如今失眠時　　誰還很想要知
誰在最後及時相知一輩子
誰在記憶只剩名字　想念面容與誰相似

每場人生的宴會　　面容淡忘在椅背
有時隨便講再會　　後來或懊悔　有幾多個真可再乾杯

情生不逢時　　才忘記那陣時
誰姍姍來遲　　才能夠記得一輩子
應該想起的　想一次　不必掛心的　即管試一試

人生高峰

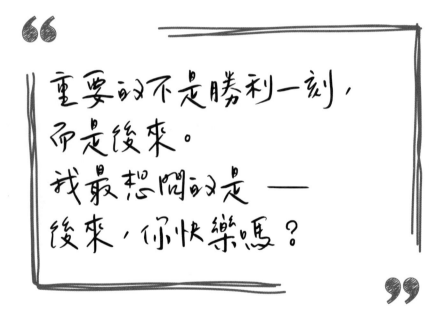

> 重要的不是勝利一刻，
> 而是後來。
> 我最想問的是 ——
> 後來，你快樂嗎？

在網上看到大陸一對父子一起看兒子公開試的成績單，兩人尖叫狂喜，彷彿活了一輩子就為了這一刻。

有個朋友去算命，師傅說他 16 歲那年運勢超強，那年他是中五會考的九優狀元，大讚師傅「好準」。沒說的，是他的「後來」。大學畢業之後他屢次求職失敗，好不容易獲聘，工作卻不開心，比他年資更淺的都升上管理層了，唯獨他感到被上司壓住。跟結婚八年的妻子已經到了「點解佢仲未死」的地步。沒有成為他期望中的人生勝利組，期望與現實的落差更讓他得了抑鬱症。

表姐的女兒五歲，美得像仙女下凡。瀑布般的長髮，雪白的皮膚，一眨一眨的大眼睛高傲又純真。看著這美人兒，我不禁想像二十歲、三十歲和四十歲的她是不是依然美麗，快樂不快樂，擁有這絕美的臉蛋將會給她帶來怎樣的人生。然後，我無意中發現我媽有個師奶 friend 年輕時是港姐亞軍，真是臥虎藏龍。很美的人去選美，得獎了，後來還不是變成大媽。看，我是專門掃興的。大媽有什麼問題？變老很正常嘛。理性上知道這很正常，現實上卻很難接受「當年今日」的對比。我可以輕鬆接受自己變老，因為我從未試過傾國傾城。老了，落差也不大。酸了嗎？哈，是手上的牌不同，玩法也不同呀。如果投胎時抽中「傾國傾城」籤的是我，說不定我也會去選港姐，然後嫁入豪門，忙著去 ball，得鬼閒做什麼女作家。

只要細心看，每個人的路都很奇妙。每個人——那怕是看來平淡乏味、毫不起眼的平凡人，都必然會走過高山低谷。奇妙的是你以為是人生高峰的時刻，後來才發現原來卑微得可笑；你以為是谷底，過一陣子才發現並不是當初想像那麼大不了。

無論選美贏家還是考場冠軍，重要的不是勝利一刻，而是後來。我最想問的是——後來，你快樂嗎？

你還對四季
有感覺嗎？

> 新人被欺凌，
> 過幾年他們又會欺凌新人，
> 重複着前人做過的壞事，
> 變成自己曾經最看不起的人。

世上有兩種人——一種是自己吃過苦，所以對別人仁慈；另一種是自己吃過苦，所以對別人刻薄。

職場就是寫照。剛投身職場的新人常會被前輩欺凌搵笨，新人總是硬食豬頭骨，被迫孭鑊甚至成為前輩心情不佳時的發洩對象。令人難過的是這些新人將來也同樣欺凌新人，重複著前人做過的壞事，變成自己曾經最看不起的人，看著別人受苦會幸災樂禍，我受過的苦你都要受一次才叫「公平」。

當然也不是所有人都會變成這樣，但為了不變成這樣也得付出代價，不同流合污，不受權力引誘，你這是扮好人嗎？是故意用自己的清高來映襯同儕的腐敗嗎？然後就會無法埋堆，受到排擠。

不只一次寫韓劇《未生》了，它是那麼真實地描繪出殘酷的職場世界。年輕的男主角進入大企業當實習生，跟他同期的新人都吃盡苦頭，同時也滿懷熱情和理想，但過了一兩年就會被無力感淹沒，進入「職場青春期」，信念動搖了，無論我怎樣努力都無法改變什麼，甚至懷疑努力想把工作做好是不是錯？因為不努力會被淘汰，努力做出了成績又會得罪人，鋒芒畢露好快死。反正也改變不了什麼，就開始抱著「打份工」的心態，漸漸對工作麻木，變成職場老油條，熟知所有灰色地帶，成為卸責偷懶的老手。

每個 office 都需要一個「蛇竇」。未必是要偷懶，而是需要一個透透氣的地方。《未生》裏的辦公大樓有個平台花園，一個讓人猜不透心思的高層主管路過，看看天空，留下一句：「人一旦上了年紀，最可惜的是失去對季節的感受。」

寒冬又怎樣，花開又如何。

沒有什麼醜陋的手段未見過，也沒有什麼美好純真會讓人動心。昆蟲也要搵食，但就連昆蟲也對四季有感覺。人卻為了搵食，活得像個死人。

落櫻之美

> 也許努力到最後才發現
> 原來人生根本沒有目的，
> 而是要來經歷一場。
> 經歷盛放，經歷凋謝。

相比其他國家，日本的明星有一點非常獨特——老就老吧，極少整容。在日劇裏，男女演員的妝容自然到幾乎看不出化了妝，也不會像韓劇那樣加重手濾鏡。由香港到荷里活，男女影星整容都很常見，或在中年以後就開始拚命打針抗老，結果變成膠面蠟像。韓國更不用說了，小童就開始整。

誰是日本最美的夫妻？我會選木村拓哉和工藤靜香。他們在顏值巔峰時美如神仙下凡，卻在三十歲後急速衰老，四十後已被網民形容「大崩壞」了。然而夫妻倆並沒有打針或整容，甚至在猛烈陽光下不塗防曬，為怕滑浪時污染海洋（其實市面也有不會污染海洋的防曬產品啊）。他們酷愛衝浪二十年，皮膚長期受陽光和海水傷害導致過早衰老，木村卻坦言並不後悔，現在的他不再需要美貌，而是以精湛演技迷倒觀眾。

鈴木京香演出《摘星廚神》的時候五十歲，絲毫沒有掩飾年齡，在劇中被木村「大媽大媽」的喊著。福山雅治年過半百仍是浪漫愛情片的男主角，他在51歲主演《日間演奏會散場時》有點像香港老牌歌手Joe Junior，卻沒有在臉上進行「加工」，皺紋毫不妨礙他演戲。在1996年播出的《悠長假期》，山口智子與木村拓哉創造了愛情劇的神話，22年後在《BG貼身保鑣》再度合作時，山口智子已經54歲了，依然一派自然隨性。她說寧願做一朵會凋謝的真花，也不要當一朵永不凋謝的假花。

這源於日本人的美學。《伊勢物語》有一首歌：「流水、歲月、落花，誰願意聽我說『等等我』呢。」春雨冬雪，誰也無法阻擋歲月流逝，但也正正因為歲月必然流逝，人生才那麼美。一期一會，青春一瞬就像櫻花。也許努力到最後才發現原來人生根本沒有目的，而是要來經歷一場。經歷盛放，經歷凋謝。由滿懷期待的童年成長到青春巔峰，中年以後漸漸衰老。盛放是美，凋謝後飄落的櫻花雨又是另一種美。衰老之中包含著慈悲，美得教人動容。

已經離開，
卻仍在一起
的朋友

成長就是一次又一次發現
「原來現實不是這樣」，
每一次都是打擊，
我們唯一能做的就是
別那麼輕易被擊倒。

有時看見一些任性的朋友，我實在很替他們著急。

這些朋友靠著收入不多的散工度日，可是消費「驚人」，買限量版模型、波鞋、演唱會門票、瘋狂去旅行，一出糧就會秒速花光所有錢，也就是廣東話的「洗腳唔抹腳」。現在年輕還好，將來老了無法工作，沒有一點積蓄如何生活？

我是後來才明白，原來「將來老了」並非必然會發生在每個人身上。

理性上當然知道所有生物都會死，白髮蒼蒼就會老死嘛。成長就是一次又一次發現「原來現實不是這樣」，每一次都是打擊，我們唯一能做的就是別那麼輕易被擊倒。

記得那次他來我家，也是像現在一樣的初夏，我還穿著花裙。「啊，你家真美！你平日就是在這桌子寫文章嗎？桌子前面這隻窗⋯⋯嘩，竟能看到如此風景！」這小伙子一貫的開朗，我的心卻直往下沉。那是一張刻上了死亡的臉，灰土的顏色殘存著生命最後的氣息。他兩年前做了骨髓移植，以為從血癌康復過來了，剛重投工作，卻癌症復發。正在等候再次尋得合適骨髓期間，他雀躍地告訴我發現了新推出很好用的護膚品，

嚷著要送來給我。他很投入護膚品行業的工作，在我家鏡子前邊塗臉邊說：「這款可以 anti-ageing，廿幾歲都要抗衰老，要及早預防皺紋啊⋯⋯」

我溜進睡房用毛巾搵住了眼睛。他肯定十分清楚自己的狀況，根本不會等到皺紋跑出來的那一天，為何還在關心什麼 anti-ageing。

那是我最後一次見到他。

幾年後，我另一位好朋友某天睡著以後就沒有醒來，才四十出頭心臟就突然停止跳動。我一滴眼淚也沒有流過，在他的追思會聽著其他人憶述往事，我就像觀眾那樣默默看電影，然後帶著空白的腦袋在靈堂鞠躬，不可能的，不是真的。直至看見那個完全不像平日的他闔上眼躺在玻璃房內，我流下了第一滴淚，停不下來啊，我滿臉滿手滿身就連頭髮都是淚水，像從暴雨中走來。

有些朋友縱然離開了，還是被思念著，我還是想寫關於他們的事。

在一起的，不論生死仍在一起。

不再同路的，同一屋簷下又有什麼意思。

阿林

"

這一場重逢等了我們二十年——
等我們跌倒了，迷失了，
死了，再重生了。
早一點重逢，
或許我們尚未準備好。
沒有早一天，沒有遲一天，
如果你相信冥冥中有安排，
那麼要失去的人必會失去，
要歸來的人也終必歸來。

"

每個人一生中總有一兩次不得不換掉電話號碼，為著擺脫累人累物的剋星，或嘗試在徹底爛掉的人生中斬斷過去，重新開始。也因為這樣，我遺失了阿林的電話號碼，我們失聯二十年。

阿林是我童年最好的朋友，我們從小學一年級就開始同班。她姓林，我們玩扮地盤佬，聽到他們喊「喂，阿陳！」「阿何！」，便學起來，自此我們一生都這樣稱呼對方。那時讀上午校，我們幾乎每天放學後都會一起到茶樓或茶餐廳午飯，兩位阿媽雞啄唔斷，我們兩個孩子在一旁玩得興高采烈，邊聊邊把功課做完。有時一位阿媽有事要辦，另一位阿媽就會幫忙照顧孩子，我和阿林經常到彼此家中吃飯，親密如同一家人。

人生的第一個分水嶺大概就是小學畢業吧。我們升到不同中學，過著跟小學截然不同的生活，但我和阿林仍常有來往，直至中二那年她們一家因為「九七問題」移民加拿大，在社交媒體尚未流行的年代，我們漸漸淡出了彼此的世界。大學時忙著拍拖，畢業後忙著跟生活搏鬥，等到稍為能喘一口氣，想起阿林，已經找不到她了。

Google、Facebook、Instagram，LinkedIn，可以找的途徑都找過，可以問的人都問過，找了多年仍無所獲，我都無計可施了。後來朋友提起有位男同學在 LinkedIn 換了新頭像，很醜。我心血來潮去 LinkedIn 再找一次阿林，一手托腮，另一隻手慢慢滾動滑鼠，共有二十多個跟她同名同姓的女人⋯⋯然後我像被雷電擊中一樣，看到其中一位的近照非常像小時候的阿林，用的是洋人姓氏，但照片實在很像，於是我試著發私訊過去，詳細描述了我們的童年，忐忑地等候回訊，可是她的 LinkedIn 帳號內空空如也，從不更新，大概也不會查看私訊吧。一天、兩天、三天過去了，我已不敢抱任何期望，然而奇蹟竟在第五天出現了！

我們終於聯繫上。她收到我的來訊當然大為驚訝，這些年來她同樣也是用盡方法找我。這一場重逢等了我們二十年——等我們跌倒了，迷失了，死了，再重生了。早一點重逢，或許我們尚未準備好。沒有早一天，沒有遲一天，如果你相信冥冥中有安排，那麼要失去的人必會失去，要歸來的人也終必歸來。

有些朋友在幾年過後，再見時已無話可說了。人會變，畢竟無法知道這些年來對方遭遇過什麼；又或這個人其實沒變過，只是我從前沒有看到他真實的一面而已。阿林跟我二十年沒聯絡，而且她 13 歲就移民加拿大，後來在美國工作多年，然而這一切並沒有使她變成另一個人，阿林依然是阿林。

那夜我們傾了七個鐘頭電話，像兩個八歲女孩。每次準備收線，阿林都說「傾多半個鐘啦！」，因為時差，結果身在美國的她傾了通宵。由小學時我倆不停口在課上聊天、笑到天崩地裂被老師大罵，談到她的美國丈夫和兩個混血孩子，重逢讓我們太激動，感覺只是趁阿媽睡著了時躲在棉被下抱著電話稍為聊了一下，怎麼七個小時竟如風閃逝了？

阿林回憶說：「你小學五年級開始戴眼鏡，我馬上回家躲在被子底下看書，又關了燈寫字，千方百計把自己弄成近視，我想同你一樣戴眼鏡。」

我呆了，我從來不知她的近視原來是這樣弄出來的。「你是開玩笑吧！哪有人這麼傻——」

「真的啊！還有一年我生日，你來我家穿了一件粉紅色 Polo-shirt、墨綠色格仔短褲和灰色球鞋，記得嗎？我纏著媽媽說要跟你穿成一樣，第二天她便帶我去買了一套一模一樣的。書桌也是啊！我在你家看到你用下面是寫字檯、上面是玻璃櫃那種直立式書桌，我回家懇求母親也給我買一模一樣的，然後不久我家中就換上一張跟你一樣的書桌了。」

我用衣袖捂住了眼睛，說不出話來。這些事情我以前一概不知，也沒想過阿林家中原本那張寬廣的白色書桌突然換成我家那種是因為她想跟我一樣。我用這種書桌是因為我家很小，上面是櫃子可以節省空間。阿林的家二千呎，除了書房還有遊戲室，這傻瓜卻不懂得比較，還羨慕我。世上竟然有人這麼喜歡我，甚至想穿成跟我一樣，活成像我這樣，讓我感到好像被一個由小甜圈堆成的海浪「嘩」一聲淹蓋。

她續說:「那時你不是考第一就是第二,經常上台唱歌彈琴,而我無論怎樣努力,最叻那次也只是考第五。嗯,為什麼我總是無法考進前三名呢?我也很想像你一樣,你是我的 role model。」我並不知道阿林有這種想法,我對競爭沒有概念。我讀自己的書,考自己的試,大人要將我排名,唔關我事。阿林與我,一個是純真到把窮人的書桌當藝術品,一個是腦袋先天欠缺比較功能,因此我們之間從不存在嫉妒,這在女生的友誼中是極罕有的。

二十年沒見,我們竟仍能像兩個八歲女孩那樣相處。今時今日,同朋友說話而不用在開口前考慮十次——這樣說會否引起對方誤會、反感、不快,想到什麼就直說什麼,肯定對方絕不會玻璃心,不會妒忌,不會誤會,又有幾人?

阿林自小習芭蕾舞，小學時又參加了紅十字會，這
兩件事都是小女生的夢想，因為紅十字會的制服和
芭蕾舞裙實在好看。我總是看著阿林頭上那頂灰絨貝
蕾帽兩眼發光，但我從來沒有向父母提出要求，因為
我知道制服和舞裙很貴。我只提出學一樣，那就是
鋼琴，父母很支持，而我知道學鋼琴比芭蕾舞還要昂貴
呢。有時阿林會一邊走路一邊咪起腳尖自轉兩周，立即
就被母親大罵失禮。我覺得林 auntie 也未免太嚴格了，
當時路上人很少，跳舞不阻街，而且阿林那麼閃一下
就轉了兩圈，並不影響前進速度。事實上她身形纖瘦，
腿長，很適合跳芭蕾。

那時阿林的家是我們一群孩子的樂園。她父親在政府
部門當經理，住在寬敞的政府宿舍，那種沒有電梯的
低層公寓，樓下有大片空地讓我們騎單車、打球和

燒烤。他們的露台外是一排相思樹,室內是高樓底清雅佈置,阿林的遊戲室放滿圖書和玩具,還有一個可以讓三四個孩子睡進去的露營帳幕。她父母把獨生女兒寵得有如掌心上的小公主,尤其是林 uncle,任何人見了這位父親都會明白為什麼說女兒是爸爸的前世情人。他會為女兒摘天上的星星,施盡渾身解數只為搏女兒一笑。一個人竟然可以如此毫無保留地愛另一個人,這是小時候我從林爸爸教育和對待女兒的過程看到的。

「我爸跟我現在幾乎不聯絡,像陌生人。」阿林說。

雖然知道人會變,但當事人是一位我深深敬愛的長輩,依然教人難過。我小時候是多麼喜歡林 uncle!我是多麼羨慕阿林有這樣的爸爸——開明、幽默、有見識、

上班穿西裝很好看、待女兒像朋友一樣。他臉上無時無刻都掛著微笑，舉手投足有種瀟灑自在。他總是笑咪咪坐在一旁看我們一群孩子玩耍，卻從不干涉我們玩什麼，好像刻意保持一點距離讓我們盡情「做自己」，享受沒有大人在場的自由，「別跑那麼快！」「小孩不准講這些話題！」「小孩懂什麼！」林 uncle 從來不對孩子們說這些話，反而常說「由得他們自由發展」，當時十歲八歲的我，人生第一次聽到「自由」這個詞，「給孩子自由」這句說話閃閃發光，讓作為小孩的我感到很受尊重，我也自然地把腰背更挺直一些，更自律一些，不想讓他失望。

原來移民加拿大後，林爸爸找不到工作，在香港當經理的他變得鬱鬱不得志。阿林說父親是「傳統大男人」，後來即使找到工作也感到被人騎住，終於決定獨自回港謀生，在香港結識了一個帶著兒子的失婚婦人，竟悄悄跟這對母子另組家庭，身在加拿大的妻女毫不知情，直至兩年後他向正室提出離婚，妻子大受打擊，從此性情大變，林媽媽以前把獨生女兒疼愛得如珠如寶，如今竟變成憎恨女兒。

「我媽認為她離婚是因為我,她怪責我沒有極力阻止這場離婚,沒有站在她那一邊,但我夾在中間,叫我如何是好?再說我根本沒有能力阻止他們離婚,我爸跟那個女人另組家庭後迅速疏遠我,我的說話沒有份量。」

親生女兒的說話沒有份量。最疼愛最珍惜最寶貝的女兒,為她可以連天上星星都摘下來的親生女兒——說話沒有份量。

我深呼吸一口。

阿林曾打算在香港買樓,問當時身在香港工作的父親能否為她做按揭擔保人,父親拒絕。再問下去,才發現原來父親已在香港置業,物業擁有人的名字是那個女人的兒子。有這麼厲害的「妻子」,恭喜林 uncle。

不知跟娶了厲害新老婆是否有關,阿林說父親性情大變。我小時候認識那位開明幽默、溫柔儒雅的林 uncle 已一去不返,變成躁狂自大、容不下別人意見的老頑固。兄弟當中,他從小到大都是和事佬,如今卻已跟兄弟反目,老死不相往來。

現在阿林接了母親到美國同住，她把電話遞給母親讓我向她問好，我衝口而出喊「林 auntie！」，才醒覺自己說錯了話。半生以後，我再度聽見 auntie 那把熟悉的聲音，就像做夢一樣。小時候她待我如自己的女兒。我每年生日都會收到她充滿心思的禮物，她買給阿林的衣物、文具或什麼有趣的玩意也會給我買一份，令我感到溫暖的不是物質，而是她記得我，在乎我。現在重看童年照，幾乎每次在阿林家玩耍的合照都有一個短髮瘦削的女孩，我卻對她印象模糊，我媽一看，就說：「那是陳珊兒呀，小學跟你同班的。」

「啊？怎麼我的記憶裏沒有這個女孩⋯⋯她也住在阿林家的宿舍嗎？為何她經常來林家玩？」

「珊兒住天台屋，家裏環境很艱難啊。她是個文靜的孩子，總是低著頭坐在角落，很少說話。林太太經常借故送食物到珊兒家去，每次有活動一定邀請她。」

「原來如此，林 auntie 心地真好，我還記得她說話很溫柔。」

「是啊。」我媽回憶說。「她唯一的問題是憂慮過度，總是愁眉深鎖，由生活的大小事情、家事到社會環境，她都擔心得長期失眠，她尤其擔心女兒，擔心丈夫──」

我一怔，忙問母親：「別告訴我那時林 uncle 在外面搞女人啊！」

「當然沒有！阿林的爸爸真是好得沒話說，寵女兒，寵老婆，總是面帶笑容待人親切。我還記得林先生曾淡淡提過不想移民，但老婆堅持為個女，一定要走。」

男人的底線是自尊心。這本來是好事，誰想嫁一個連自尊心都沒有的窩囊廢？問題是如何定義「自尊」。雖說移民是妻子的意思，但既然同意了，也明知是必須放棄香港的一切從頭開始的。去到加拿大不能再做以往的工作，要轉行或由低做起，都是預料中事。有時自尊心與玻璃心只是一線之差。大丈夫能屈能伸，有才華的人去到哪裏都會出人頭地。

夫妻之間的事，只有四面牆之內這兩個人知道。外人看到林先生出軌，拋妻棄女，而妻則在他尚未出軌已惶恐終日，愁眉苦臉。誰對誰錯？誰欠誰的？無辜的是孩子。Auntie 感到被丈夫背叛，傷口太深，很多年後仍放不低。隨著歲月過去，她由怨恨女兒漸漸變成忘掉女兒。阿林怕母親一個人在加拿大無人照顧，便把母親接到美國，跟美國人女婿和孫兒同住。Auntie 卻怨氣甚深，終日罵人，為一個洋蔥把女婿罵翻天，收集舊物成癖，埋怨女兒「強行」把她拉來美國，要她湊孫煮飯「做奴隸」。

「她所說的『做奴隸』就是天天坐著看電視的首飾廣告，埋怨我不買給她。所謂『湊孫』就是每星期煮一次烏冬，但她只會煮給兩個孫，不會煮給我，她的世界裏已經沒有我，她忘記了自己有個女兒。」阿林慨嘆。洋人丈夫跟外母同住毫無怨言，還未計經常無故被罵，房子堆滿外母收集的舊物，可幸她嫁了個好老公。

人們常說「初心」，卻沒聽過有人說父母也應該找回初心。看著子女出生長大變老，父母依然初心不變，那就是子女幾生修到的福氣了。

我還記得林 auntie 從前熱愛下廚，還特地去上烹飪班，
離婚後卻再也沒有下廚了。她的興趣、對女兒的愛、
對生活的熱誠，都在離婚當天給埋葬掉。若不能去
除內心的苦澀，人就會凋謝。

「還記得陳珊兒嗎？」我發訊息跟阿林閒聊，附上一張
我們小學五年級在她家裏開聖誕派對的合照。

「現在看到這照片好像有點印象，可是為什麼她會
來我家？我完全記不起在學校有跟她玩啊⋯⋯」

「你媽媽邀請她的。Auntie 知道陳珊兒家裏很困難，
於是經常送食物過去。多年沒見我也不知 auntie 現在
的狀況，但我小時候認識的她善良又溫柔。」

「我媽到今天待人仍是會有慈愛的一面，只是我不被
包括在內。」

我想起六歲那年第一天上小學認識阿林。

「It's okay，你有我呀。」我回答。

老婆，
你像一幅名畫！

當女人向男人抱怨
上司無能又變態，
她並不是要聽你分析，
只想你附和，男人只需説
「對啊對啊你老細正人渣」，
就平安了。

日本前首相、東京奧組委主席森喜朗因為得罪女人而道歉辭職。所以我話我爸真英勇，飯吃到一半，他竟突然放下咬了兩口的雞髀，像哥倫布發現新大陸那般眼定定望著我媽說：「嘩，原來你肥咗咁多！」

一片蕭殺。飯桌上彷彿「呼」一聲飄過兩片落葉。我不知男人們有沒有讀過「楊修之死」。很多事情知道就好，說出來就變成森喜朗。東京奧組委討論應否將女成員比例增至四成以上，森喜朗反對。「女性有很強的比較意識，若果有一位女性開始舉手發言，其他女人就會認為自己也必須發言，結果就是引致所有人都一起發言。」又說：「若增加委員會的女性人數，就必須限制她們的發言時間，否則會一直說不完。」

我想送一本書給森喜朗，那是我寫的《長大了才明白的二三事》，當中一文題為「男人講真話，死路一條嗎？」適合各年齡層的男讀者閱讀。「女性有很強的比較意識」，說出來有獎金嗎？老婆胖了，說出來很有型嗎？森喜朗的下場是被老婆、女兒和孫女責罵，最終公開道歉及辭職。

男人嘛，就是一把年紀仍不懂女人。舉個例，當女人向男人抱怨上司無能又變態，她並不是要聽你分析，只想你附和，男人只需說「對啊對啊你老細正人渣」，就平安了。

有位 auntie 過年想穿漂亮一點，
在衣櫃深處找到出土文物——生小
孩之前買的旗袍。她忍住呼吸，縮起
肚腩，強行把旗袍套在身上，挑戰
人類閉氣極限。結果她拿著那件爆開
了的旗袍問：「老公，我肥嗎？」廢話。
這位男士卻鎮定地說：「你⋯⋯像名
畫。」老婆被逗得心花怒放，轉頭
看見牆上掛著歐遊時買的文藝復興
名畫複製本，長髮天神裸體躺著
食提子，肚腩脂肪像大海
波浪，屁股大過天，手臂
像冬瓜，這是當時美的
標準，丈夫早已逃之夭夭。

誠實是美德——
對女人除外。

137

今日一定要執屋

全盛時期的王迪詩書閣
凌亂得像兇殺案現場。
「請工人啦！求你！」
當時的男朋友尖叫。
我只是伸個懶腰，
踢開地上的雜物，
闢出足夠我雙腳站立的面積，
倚着雪櫃啃蘋果。

「今日一定要執屋」這句話，我由六歲起每朝醒來
第一句就對自己說。至於為何到今天仍未實現，我自己
也無法解釋。

全盛時期的王迪詩香閨凌亂得像兇殺案現場。「請工人
啦！求你！」當時的男朋友尖叫。我只是伸個懶腰，
踢開地上的雜物，闢出足夠我雙腳站立的面積，倚著
雪櫃啃蘋果。

不瞞你，我有潔癖。我不明白為何大家覺得這件事那麼
好笑，有個朋友甚至笑到噴飯，「你？（狂笑）潔癖……
你？」彷彿聽到肥妹說自己最討厭吃。可是我為什麼
不能有潔癖？法國思想家 Simone Weil 有潔癖，北宋
書法家米芾有潔癖，南朝一個縣令有潔癖，命令百姓
不停掃街直至連一條雜草都消失，屬恐怖份子級別的
minimalist，我不過是在精神層面上對齊潔有所追求，
卻尚未身體力行而已。

我不請傭人當然也有原因。很久以前請過一位鐘點，她來做了半年後，我才發現她一直用同一塊布抹馬桶、餐桌和地板，拿消毒廁所用的漂白水來洗杯，半年下來我居然仍未中毒。房子太亂了，看來也沒有重拾整潔的希望，我就乾脆搬屋，算是我這「逃避形宅女」的斷捨離方式。於是我搬了 N 次，都在同一條街，甚至同一座樓，而每天醒來第一句浮現腦海的仍舊是「今日一定要執屋」。

「你是不是患了拖延症？」朋友從新聞節目看到這種「病」。聽來也像，但已無藥可救吧，直至有年我與讀者們一起探訪獨居長者，才被一位九十歲婆婆的廚房震撼了我的人生，她以前是媽姐（讀音：馬姐），那廚房乾淨到一個點，像我在日本深巷居酒屋見過的廚房，每一塊磚、每一隻碟都看得出洗刷過一千次，不，一萬次，一輩子，刷出了歲月的痕跡。光是看著婆婆那經過無數次擦拭而被磨得平滑的鐵鍋，彷彿可以聞到青紅蘿蔔瘦肉湯的香氣。婆婆的家乾淨得發光似的，我好想搬來住，住進一個清爽的家，於是我下定決心今日一定要執屋。

道別，
終有一天
會習慣嗎？

> 人生中丟失了而又能夠找回來的，
> 幾乎只有錢。青春、熱誠、
> 人與人之間的信任、
> 有時也包括健康——
> 一旦失去，將永遠失去，
> 即便付出極大努力
> 也只能勉強修補。

我在 2022 年初夏寫這篇文章的時候，我最要好的朋友們只走剩一個。

這兩年每天都收到道別的來訊——朋友、讀者、同事、舊同學，放棄香港的一切移民外國。更多人沒有一聲道別就因為種種原因而靜靜地離開。

有天心血來潮想起一位大學同學，發個訊息問好，收到的回覆是：「我和丈夫兩個月前已經離開香港了。」

「那麼，保重。」

連身在何方都沒有透露，就知道對話應該止於「保重」。作為選擇留下來的人，保重更是常識。

從教師們那兒聽到一間名校中五走剩三份一學生。名校生大多家境中上，有錢人早就擁有外國護照，他們說「返」澳洲、「返」加拿大，我從來用個「返」字只說「返屋企」。

我讀小學的時候，班上的人愈來愈少。童年的我目睹了「九七」移民潮，同學一個又一個離開，我最好的朋友移民到加拿大，今天的孩子又再經歷一次。離別從來都不容易，然而在生存面前，生活只是次等的考慮。

準備移民的讀者或朋友在離開前跟我道別，我常會問孩子這個問題：「你將來仍會記得現在最好的朋友嗎？」孩子們通常都聳聳肩，不置可否，連一個都沒有回答「我會記得」，倒也老實。

而我，花了二十年才找回阿林。

從朋友和讀者移民英國後的來訊得知，除了個別學生因跳班或入讀私校而感到不適應外，大部分孩子很快已適應了外國生活，家裏有花園，交了新朋友，老師和同學都很友善，我認識幾個香港家庭的孩子初到英國英語不佳，英國老師每天放學後留下來兩小時，一對一耐心教導孩子英文，在學校也不用再受功課和測驗折磨，終於可以享受學習了。孩子在英國學校因膚色受到歧視的例子，我到目前只聽過兩次，一位在 Notting Hill 的貴族學校，另一位移居到沒有華人的地區，當地人傳統而守舊，加上從未接觸香港人，歧視很多時源於不認識及拒絕認識。

至於加拿大，我從未聽過孩子在學校因種族受到歧視。一位朋友的兒子跟仍在香港的 auntie 說：「丟掉我寄存在你家裏的玩具吧！我以後都不會回來。」這句說話我聽過很多次了，那些人長大後發現還是香港比較容易搵錢，又回流香港。讀書的時候同學們很友善，然而在職場上還是感到種族會影響升職，香港有更多機會，稅率又低，因此回來了。

玩具可以丟棄，但回憶可以嗎？因人而異吧，有些回憶並不是對所有人都那麼重要的。我只是想告訴這些孩子，人生中丟失了而又能夠找回來的，幾乎只有錢。青春、熱誠、人與人之間的信任、有時也包括健康——一旦失去，將永遠失去，即使付出極大努力也只能勉強修補。那就是說，朋友、父母、妻子、丈夫，一些曾經在我們生命中極其重要的人，也可能因為有了新的興趣而被遺忘。有天忽然發現內心空洞，呀，我遺忘了一些重要的東西嗎？竭力回想，然後發現——

我忘了自己忘了什麼。

你也曾經
是個孩子

"

這首歌描述生活的沉重，
語調卻如此灑脫輕盈，
一路聽着，
自由的感覺透入靈魂。
前路看似沒有盡頭，
但只要繼續走着，
走着。

"

我很喜歡一首名叫《三文魚》的韓文歌，很多韓國孩子卻從未聽過這首名曲。

韓國品牌 ODG 的 YouTube 頻道推出三年已過三百萬訂閱。「你也曾經是個孩子」是他們的口號，影片常常展示大人與小孩的對話，或不同種族的孩子相遇互動，其中最好看的就是卡拉 OK 特輯。

攝製隊找來四名中學生，分別獨自坐在卡拉 OK 房間，事先告訴學生將有一位大叔或大媽來唱歌。大媽說剛巧湊完仔去超市買菜，路過癮起來唱唱；大叔說以前常唱卡拉 OK，現在則是釣魚比較多。沒料到一開口就驚為天人，學生嚇呆了，不知眼前此人是上一代的巨星，就像今天香港的中學生不知「四大天王」是什麼。

然而好的音樂總是任何年代都能引起共鳴，那位「常去釣魚的大叔」就是薑山曀（Kang San-ae），唱起他在1998 年創作的名曲《三文魚》，牠們千山萬水也堅持逆流游回出生地產卵，即使很可能會死在艱險的路途上。「從什麼時候開始，我就在這條路上走著走著？到底前面還有多遠？在眾多岔路中，如果這是我選擇走的那條路，即使路途曲折，如果我用已經磨損到破了皮的雙腳繼續走下去，我將可躺在遼闊的花田上休息⋯⋯

如果我一直走，一直走，終有一天我會感激這一切……前路茫茫無盡頭，我垂下疲憊的肩膀嘆息。別怕，你會像那些強大的鮭魚逆流而上，如果你走著，走著，走著……」

剛考完公開試的學生，有人擔心考得不好，已準備明年重考了；一個女生為了圓演藝夢，已經一年沒吃午飯來減肥；另一個男孩喜歡音樂，卻打算去學電梯維修，因為一畢業就能立即找到工作，爸爸就不用當工人那麼辛苦了。為何肩上總是這樣重？這首歌描述生活的沉重，語調卻如此灑脫輕盈，一路聽著，自由的感覺透入靈魂，像游在水裏，飛在天上，身輕了，煩惱拋開了。前路看似沒有盡頭，但只要繼續走著，走著。

皇夫偷食？

「知情人士」指菲臘親王很
喜歡見到年輕貌美的女生
（同其他男人有分別嗎？），
他需要有共同興趣、
能分享思想的好朋友
（當然最好是美女），
但他並沒有跟那些女人睡過。
我半信半疑，直至……

一對夫妻能相知相伴 73 年非常難得，於 2021 年離世的英國菲臘親王與女皇鶼鰈情深，感動世人。但也有不少女網民咬牙切齒直言女皇「好忍得」，皇夫的外遇史厚過牛津字典，女皇卻啞忍丈夫偷食以保皇室聲譽。事實真是這樣嗎？

大家都說菲臘親王的情婦多不勝數，因為電視劇和傳媒是這樣說的。儘管從未拿出證據，傳媒卻指菲臘親王的私生子遍佈全國，30 多名情婦包括女星、親戚、名媛，其中傳得最沸騰的就是他與 Penny Romsey 的「戀情」。

Penny 是富家千金，年輕時金髮苗條相當漂亮，她比菲臘年輕 32 歲，兩人幾十年來每星期見面，經常結伴參加騎馬活動。問題是這算不算「出軌」？皇夫否認這些婚外情指控，也有一些著作引述「知情人士」

指菲臘很喜歡見到年輕貌美的女生（同其他男人有分別嗎？），他需要有共同興趣、能分享思想的好朋友（當然最好是美女），但他並沒有跟那些女人睡過。我半信半疑，直至菲臘親王過身，在疫情下喪禮只限30人出席，連英國首相都讓出位置給親王的家人，而這30人之中包括 Penny Romsey。我不相信世上有女人，那怕是女皇，會邀請情婦出席自己丈夫的葬禮。若說女皇啞忍幾十年以保皇室形象，她會容許情婦出席皇夫喪禮的畫面全球直播嗎？

男人偷食，十之八九都為上床。如果「有共同興趣、能分享思想的好朋友」不是你的老婆，那應該先檢討一下當初為什麼要跟這人結婚。但菲臘不同，他孤單，因為他是女皇的配偶，他不能像一般男人那樣邀請豬朋狗友來溫莎堡一邊睇波一邊講粗口，不能在心煩的時候同兄弟去酒吧喝酒，不能有自己的事業，子女不能跟他姓。普通男人自由自在，家有賢妻，還好意思同小三講「我好孤單，我老婆唔了解我」。女皇體恤丈夫，讓他結交異性好友，信任他適可而止，至於實情就只有丈夫自己知道了。最孤單的還是女皇。

職場難題

要是你問我打工
最厭惡的是什麼，
那就是連努力都要
照顧別人的感受。
但不努力、表現差又可能
會被公司淘汰，
因此必須令自己在公司
廢得來有存在感。

認識多年的朋友 Flora 終於決定辭職，自己出來創業了。她毫無疑問是公司裏最傑出的員工，可是表現傑出卻成了她的「污點」。

Flora 是個熱心的人。她工作並不單純為了出糧，而是基於「若不把事情做妥就會睡不著」的性格。有次安排了為產品拍攝廣告，製作佈景的裝修師傅卻臨時失蹤，同事們仍在「哎呀怎麼辦」的一片混亂中，Flora 已經買來油漆和工具，捲起衣袖自己油。最後拍攝順利完成，卻沒有人欣賞 Flora 的努力。老闆覺得既然是受薪，「get things done」就是理所當然；同事們很反感，人家都捲起衣袖了，我還可以翹埋雙手嗎？結果全部人「被迫」充當油漆工人，指甲都弄花了。其他人一直 hea 做，突然來了個努力的人，舒服的日子就得劃上句號。她在公司被排擠，「搏上位」的罪名也隨之而來。

原來努力是錯的。

這對 Flora 來說是驚世大發現。從小到大都被訓說做事
必須全力以赴,沒想到努力竟會妨礙他人。要是你問我
打工最厭惡的是什麼,那就是連努力都要照顧別人的
感受。但不努力、表現差又可能會被公司淘汰,因此
必須令自己在公司廢得來有存在感。應付上司也一樣,
太廢無法幫輕上司的工作擔子,太叻又會令上司感覺
受到威脅,所以上司最喜歡那些像牛一樣忠實地執行
指令的下屬。CEO 揀接班人經常會揀個平庸的,以
確保自己才是公司史上最出色的 CEO。古代皇帝傳位
也很相似,最優秀的王子通常死得最快,要不是被
兄弟陷害就是遭父皇忌憚,結果最大機會登上帝位的
是這兩種人——一、真心蠢。二、扮蠢騙了全世界。
當然,心狠手辣是免不了的。若不想玩這個遊戲就得
及早退場,像 Flora 那樣決心辭職。

無論在哪間公司打工都沒有遇上伯樂,不要緊,那就
自己做自己的伯樂,創業去吧。

兩個互相看不起
對方的男人

十年沒見，
沒想到再遇時他已失去了一切。

他什麼都變了，
唯獨「格」跟以前一樣。

他的性格大概到世界末日
也不會改，永遠都是居
高臨下，話語裏有種
「益你啦」的意味。

「性格決定命運」這句說話，少年的我是不相信的。
25 歲以後，這卻成了我爭取幸福的金科玉律。

我剛大學畢業不久的時候，有次跟阿輝吃完魚蛋粉，
正在交通燈處等候時突然有人喊我：「嚱妹！」一個
駕著開篷保時捷的男人把太陽眼鏡拉低一點，下巴
往上「chok」一下作為給我打招呼，那是 Dexter，像
往常那樣一身浮誇的名牌。我裝作看不見他，老實說
有時他令我很丟臉，不是因為他身上永無止境的時裝
災難（三十幾度他正穿成雪山飛狐），也不是因為
他鄙視讀書少的人，而是因為他自己讀書不多卻看不起
讀書少的人，這一點很嘔心。而此刻即使我裝作看不見
他，依然感覺到他盯著我身旁的阿輝，由頭打量到腳，
再由腳打量到頭，像海關緝毒掃瞄器那樣尋找犯罪
證據，而且任何人都能從他輕蔑的眼神中讀出那
「打量」是什麼意思。

那夜，雪山飛狐致電給我，劈頭一句就是「點解你識埋晒呢啲粗人」，他看不起像阿輝那樣做藍領的人。家裏三代幹搬運的阿輝矮小壯碩，豁達開朗，從外表一眼就能看出他是從事體力勞動的。我十分尊重勞動的一群，世上沒有比這更踏實的工作了。傳統的勞動者普遍知道自己讀書不多，所以很尊重知識份子，有自知之明是難得的智慧。全香港最有禮貌的男人是中環的地盤佬，在窄路他們會讓女士先行，這種風度在香港男人之中幾乎不存在。在我個人的經驗裏，100 個港男有 99 個會在車門和升降機門打開時第一時間衝出去，絕不會讓女人先行。只有一部分在中環穿西裝的男人會讓，中環圈子小，怕被人唱，出了中環就是另一回事。但中環的地盤佬有一種 consciousness，意識到自己身處高級商業區，律師商家醫生出入的地方，於是對自己的品行風度也有所要求。他們明知讓不讓都不會被人唱，也不會有人讚（誰會像我這樣專門寫文章去表揚），他們的禮貌是發自內心只為對自己交代。

Dexter 比我年長十多年。他在港大畢業後投身金融業，不久就開始全職炒股，賺了第一桶金之後再搞生意，開了十幾間餐廳和酒吧，過上了暴發戶的生活，最愛穿戴心口印著大 logo 的名牌，出入講排場，花天文數字租住豪宅，尤其喜愛用一款昂貴的護膚品，並非因為有效，而是因為面霜內有金箔，我覺得很白癡，也難怪阿輝在街上碰見雪山飛狐之後問我：「點解你個 friend 個格咁衰？」

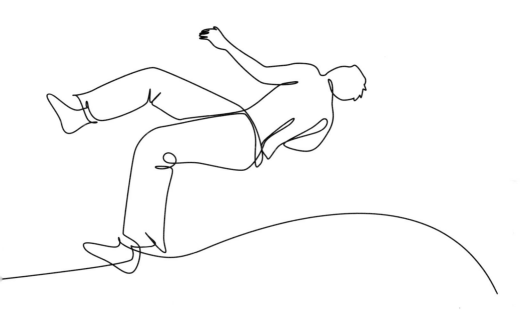

沒多久我就忘了 Dexter。我不斷轉工、搬屋，又改過
電話號碼，都沒有告訴他。偶爾會有朋友的朋友來訊
說 Dexter 想聯絡我，但見我沒回覆也就不了了之。

十年後，有次我從外地公幹回來，在機場上了的士後
便專心覆 email。

「是你吧？」的士司機突然說。

「哦？」

「很久沒見了，我是 Dexter。」

當我終於從記憶的櫃桶底找到這個人，自然是相當
驚訝。他的衣著打扮像一個典型香港的士佬，胖了，頭髮
也稀疏了，只有「格」跟以前一樣，他說「是你吧？」
而不是喚我的名字。他在途中解釋自己過去十年做了
什麼，為何會由揸波子變成揸的士（註：港式用語
「波子」即保時捷），為何會由住豪宅變成住劏房。
其實也不用解釋吧，原因那麼明顯。

我準備下車的時候，他握著手機，稍微把頭轉向後面的乘客座問：「要交換手機號碼嗎？」他的性格大概到世界末日也不會改，永遠都是居高臨下，有「益你啦」的意味。十年沒見，成熟有禮的男人會問：「以後還可以怎樣聯絡你？」或「這是我的手機號碼，不介意的話也可以給我聯繫方式嗎？」

「不用了，謝謝。」我微笑說，一邊把手提行李搬下車。

阿輝則繼承了父親的貨車，one man band 接搬運工作，有需要時就聘用散工，就這樣腳踏實地苦幹十年，生意規模雖小卻建立了忠實客戶群，買下一間五百呎的房子，與太太育有兩個女兒，還請了印傭，生活安穩。然後某天他突然向我借六萬元，說擴充業務需要資金，我一句也沒問就借了。他說給我港幣 100 元利息，我不知他哪來這幽默的念頭，我婉拒了。半年後他還了錢，數月後又問我借八萬元。那天是年三十晚，他要我第二天立即過數給他。24 小時到手，我是 XX 財務公司嗎？更莫說大年初一借錢，我平生還是第一次遇到。他說被生意夥伴出賣，業務擴充失敗了，如今唯有賣樓來出糧給伙計，可是成功賣樓之前要錢周轉。我顧及他的感受，沒有多問就答應借了，只是他那「老奉」的態度、「第二天立即要錢」和不斷來訊催促的無禮，令我從那天起又少了一位朋友。因為你好人、有教養、會顧及別人感受，所以借錢第一個就找你，也認定你老奉要借，不還錢你也不會追究。令我感到掃興的不是丟了錢，而是認識多年而我一直尊重的朋友，利用了我的善良和教養。我借錢給他的時候已知道他不會還了，數年後他已消聲匿跡。

大家都很窮的時候，一起吃碗魚蛋粉就很開心。有樓有事業之後，反而無法像從前那樣簡簡單單了。

退休生活

我很早已有「像我這種性格
必定成世冇發達」的覺醒，
既然如此就沒有必要
勉強自己去做任何事，
也不會為了接job而去
見我不想見的人。
有些人，你跟他們交談
只是浪費生命。

幾位已退休的 auntie uncle 結伴去海洋公園。2021 年疫情期間長者免費入場,他們在某個星期五去玩了半天,巨型公園內除了他們竟沒有其他遊人,很清靜地逛了觀光塔,看看水族館。香港的長者搭車只需兩蚊(即港幣兩元),但我還不知原來搭船去愉景灣同樣兩蚊,實在抵玩,於是他們又高高興興一日遊。

我的職業是沒有退休的。自從開始全職寫作後,過去十年我沒有一日得閒過。我 24 小時都在放假,也 24 小時都在工作。我的床邊長期放著筆和紙,遇上奇特的夢也會在夢中提醒自己趕快發完夢把故事記下來。有人問我這樣累嗎?我連累不累都沒有想過,這是很自然的職業本能。我對「退休」這件事沒有概念,也無法明白為何有人退休後會覺得悶,過去十年我沒有一日悶過,已經忘了悶是什麼。倒是有些人會令我煩悶,但我很早已有「像我這種性格必定成世冇發達」的覺醒,既然如此就沒有必要勉強自己去做任何事,也不會為了接 job 而去見我不想見的人。有些人,你跟他們交談只是浪費生命。

有些長輩退休後幫忙湊孫，但孫仔轉眼升中學，已不再需要人湊了。要是沒有什麼嗜好，只能終日呆在家中。我想起幾位 auntie uncle 很久沒見，便邀約飲茶，他們竟一見面就多謝我。吃一頓飯多謝了我四五次，我都不好意思了。他們由我出生開始就看著我長大，現在我不過請飲一餐茶而已，也許他們是想念小時候的我吧，想念舊日子。年輕時工作打拚的回憶，照料孩子的片段，像一張張發黃的照片，即使當時覺得生活不容易，在回憶裏卻是每一幕都有溫度。

我感覺離開學校已一個世紀，三百幾歲了，但來到長輩們面前我又變回小孩，像由時光機「嘩」一聲跳下來、束馬尾穿校服的小學生。我終於明白他們多謝我什麼——是我的時間。他們尊重我的生活，怕耽誤我的工作，總是以為我很忙。我想像自己如果能活到八十歲，那些我珍藏了一輩子的名牌手袋、高跟鞋、我鍾愛的書和小提琴，還有錢，對我有什麼價值，還可以有什麼價值，全都是身外物，唯一珍貴的只有時間。

你終於長大了

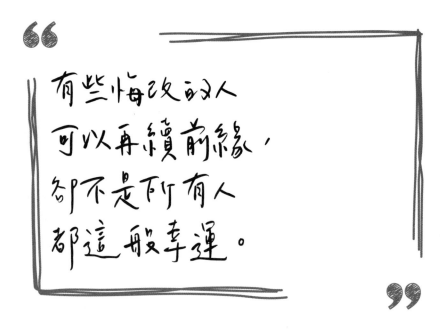

" 有些悔改的人
可以再續前緣，
卻不是所有人
都這般幸運。 "

「明明就是天生一對，卻分開了。」這種情況若不是生離死別，就是蠢到無藥可救。擁有的時候以為老奉，失去才知道後悔。這或許不是蠢，而是不成熟，後悔那天就是長大那天。但要等一個人長大嗎？單是聽著都覺得累啊。

有部窩心小品式韓劇《如蝶翩翩》（*Navillera*），講一位老人家跟隨一個年輕男孩學習芭蕾舞。起初後生仔覺得老人好煩，而且無論如何努力，老態龍鍾已不可能跳得好看了，何必浪費時間？但相處下來，反而是年輕人受惠於老人家的智慧，最後這位年青舞者也頂住困難幫爺爺完成了夢想。

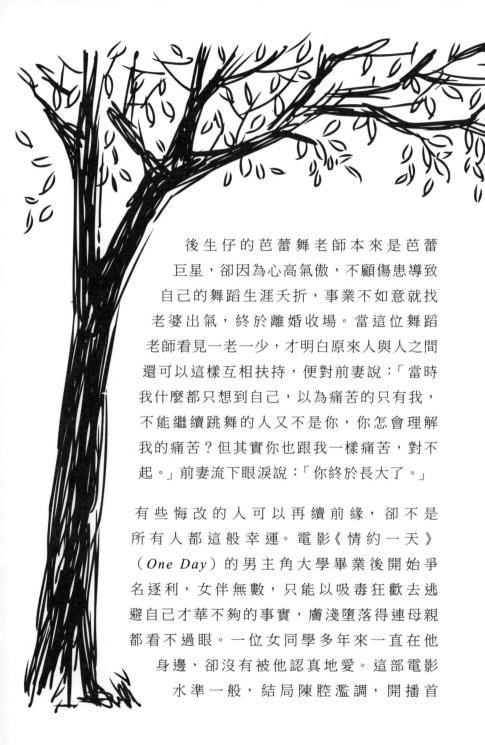

後生仔的芭蕾舞老師本來是芭蕾巨星，卻因為心高氣傲，不顧傷患導致自己的舞蹈生涯夭折，事業不如意就找老婆出氣，終於離婚收場。當這位舞蹈老師看見一老一少，才明白原來人與人之間還可以這樣互相扶持，便對前妻說：「當時我什麼都只想到自己，以為痛苦的只有我，不能繼續跳舞的人又不是你，你怎會理解我的痛苦？但其實你也跟我一樣痛苦，對不起。」前妻流下眼淚說：「你終於長大了。」

有些悔改的人可以再續前緣，卻不是所有人都這般幸運。電影《情約一天》（One Day）的男主角大學畢業後開始爭名逐利，女伴無數，只能以吸毒狂歡去逃避自己才華不夠的事實，膚淺墮落得連母親都看不過眼。一位女同學多年來一直在他身邊，卻沒有被他認真地愛。這部電影水準一般，結局陳腔濫調，開播首

五分鐘我已猜到結局了，就是女同學最終車禍身亡，
男人很後悔從前不懂珍惜，但有一句對白寫得很好，
女主角的前度告訴男主角：「她照亮了你的生命，卻
沒有照亮我。」她不是不想愛這位前度，而是靈魂無法
聯繫上。

偶爾，也許一生一次，會遇上比我更了解我的人，
但願不會後知後覺。

認識多年，
不等於認識
這個人

> 我長久以來一直把他當朋友，
> 不過因為我們的友情
> 從未受過考驗而已，
> 平靜的日子大家風花雪雨，
> 覺得這人好傾，畿nice，
> 卻並未觸及價值觀。

陳先生夫婦是從前住在我們隔鄰的老街坊,儘管後來搬家了,二十多年來爸媽仍跟他們偶有聯絡,近年卻沒再聽到父母提起。

「不來往了。」我媽說。「以前雖然是鄰居,但也未曾試過朝夕相對,一次跟團去旅行卻看見真面目了。這對夫婦每次吃飯都要搶最好的座位,去買東西要搶先,去洗手間要搶先,團友當中有位母親帶著行動不便的孩子,陳生陳太竟拒絕讓出旅遊巴最方便上落的座位,還聲大大說『我有權坐這裏!』。看見他們這麼霸道,真是打從心底覺得反感,不想再跟這種人來往了。」

這讓我有點意外,陳先生夫婦以前人品並不是這般惡劣的,我還記得他們曾把女兒讀完的英文書送給鄰居的孩子,也曾幫忙一位大病初癒的老街坊買日用品,但想來那都是很久以前的事了。聽說人老了,性情也會變。年輕時火爆的人,老了就會「熄火」,變溫馴了;年輕時和氣的人,老了反而變得暴躁。當然不是所有人都有這種轉變,但我認識的長輩當中確實也有數人如此。陳先生和太太可能是因為老了,人品也隨之而

崩壞，又或者他們本來就是這樣差勁的人，只是以前我們不知道罷了。幫老街坊買日用品或把女兒讀完的書送給別人其實也不代表什麼，在不影響自身利益的情況下，很多人都願作舉手之勞。但去到跟殘障兒童搶座位的地步，就是廉恥和名聲也完全不在乎了。

我有一位相識多年的朋友在壯年退休，年輕有錢又沒有家庭負擔。我問他今後有什麼計畫，他說：「享受人生呀！看書、運動、旅行。總之外面乜都唔關我事，

我唔會理。」這段對話發生在 2021 年，兩年來世界發生了翻天覆地的變化，我很驚訝他對社會時事幾乎一無所知，既不看新聞，也不讀歷史，所謂「熱愛看書」也是只看佛學書籍，卻不見他對眾生有半點關懷。令我難以接受的是我的朋友竟是如此自私和無知，我的眼光竟這麼差。對於凡事只顧自己的人我只覺厭惡，平常我絕不插嘴，但這位朋友認識了十多年，我人生的大起大跌他都在場。我說，如果連你這樣擁有美好人生、有能力、有條件的人也不去關心別人，那這個世界真是完蛋了。

經常聽到這句說話——算啦，識咗咁多年，無謂計較。「算啦」的意思是隨隨便便啦，別要求太多。但點解「識咗咁多年」就可以對朋友的品格沒有要求？再想想，就會發現我長久以來一直把他當朋友，不過因為我們的友情從未受過考驗而已，平靜的日子大家風花雪月，覺得這人好傾，幾 nice，卻並未觸及價值觀。

做人的方針不同，無需吵架，更沒有翻臉的必要，漸漸疏遠就是了。交朋友本來就是一個去蕪存菁的過程吧。

別人的家事

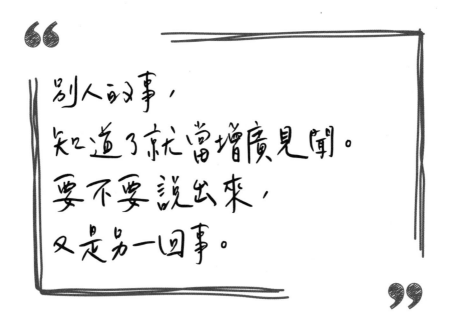

別人的事，
知道了就當增廣見聞。
要不要說出來，
又是另一回事。

有位 uncle 在診所做身體檢查，見無聊就隨手拿起茶几上的報紙，恰巧看到一則尋親小廣告，妹妹尋找失聯 32 年的姊姊，因為姓名很特別，所以一眼就認出了，問老婆：「這不是你的中學同學嗎？」Auntie 一看，正是。她清楚記得這位同學當年被妹妹害到雞毛鴨血。

妹妹本來是汽車經紀，收入不錯，但總覺得自己這種人才不該只賺到這些，便開始炒股票，贏過幾次就沉迷下去，當然很快就輸到開巷，然後到處問人借錢試圖翻本，賭癮大到股票已不能滿足她了，便直接去澳門豪賭，還把姊姊的個人資料交給債主作擔保人。姊姊的家門被潑上紅油，公司被搗亂。妹妹多番哀求，發誓戒賭，姊姊將畢生積蓄給了妹妹還債，而她還是繼續賭。最後姊姊賣樓，一筆過給妹妹還債，就算前世

欠她都已經還清了吧。搬到別處，連名字也改了，老死不相往來。然而這所被迫賣掉的房子其實是姊姊丈夫從小長大的地方，是他母親臨終前給兒子的饋贈。雖然丈夫沒說什麼，賣樓卻令妻子餘生都活在愧疚當中。

假如你在報章看到這位妹妹刊登的尋親廣告，會裝作沒看見還是通知姊姊？Auntie 有點猶豫，uncle 則認為這麼多年妹妹大概已經改過自身了吧，應該讓她們一家團聚，於是把尋親廣告交給同學。姊姊一家五口跟妹妹吃了一頓飯，也同時邀請了 auntie 夫婦倆。

「氣氛還算和諧嗎？」我問。

「就像陌生人同檯食飯啊，那頓飯之後就沒再聯絡了。」Auntie 說。

其實為什麼要邀請 auntie 夫婦呢？不知有這則廣告還可，如今多得你來通知我了，連親妹也拒見未免太涼薄吧，便把這對夫婦也請來，看呀，我盡力了。團聚背後是三十年的千絲萬縷，外人又怎能理解今日的漠然。

借種

> 也許不久之後，
> 去DNA超市買孩子，
> 就像去茶樓飲茶剔點心紙，
> 身形五官才能性別
> 任父母選擇。
> 孩子成了商品，
> 商品沒有獨特性。
> 千人一臉的世界——boring。

朋友間私下流傳一則八卦消息，是金融界一對男女濫交的情節。耐人尋味的是這個女人的情夫全部都是富二代，她嫁的卻是個家境平凡、收入一般的男人。有人話因為真愛，well，如果她真愛這個「窮光蛋」卻依然無比積極地紅杏出牆，那她這份「真愛」顯然超出了我這些凡夫俗子的認知。有人就說，借種才是她的真正目的。

一位女性朋友說：「那個男人雖然窮，但聽說很有才華，藝術家呀！計一計如意算盤，若要聽莫札特作為胎教，連播 CD 都可以省下，直接要他在眼前演奏就是了。而且她搭上的那些富二代腦筋都不大好，要是遺傳了給孩子那可麻煩了。」

關於生仔，還真有不少人作這些精心佈局。也有科學家在研發 DNA 超市，將來生孩子，身形五官才能性別，就像去茶樓飲茶剔點心紙，全都可以用錢買。但以目前在實驗室以外自行配種的水平，跟鋼琴家生出來的孩子真的特別有音樂天份嗎？單是外貌的遺傳就經常違反邏輯，英女皇伊莉莎伯二世與皇夫菲臘親王不是都擁有神仙美貌嗎？我認識矮小的夫婦生出了高大的兒子，也見過粗魯猥瑣的男女生出了氣質高貴的女兒。至於才華更如同買六合彩，與其說是遺傳，倒不如說是上帝灑鹽花，就看天份剛巧灑落在哪個幸運兒身上。

我反而見過不少夫妻，兩人都是傑出人物，孩子卻不怎麼有出息，原因是遺傳還是後天教育呢？可是出眾的夫婦當然會讓子女接受（他們認為）最好的教育啊，何以無法培養出跟父母同樣優秀的下一代？也許是因為「父母這麼成功，我就不需要努力了……」或「父母這麼出色，反正我無論怎樣努力都不可能跟他們一樣出色，乾脆放棄好了……」這樣想著，基因再優秀都不會派上用場吧，倒是像我這個連母親的烹飪基因也絲毫沒有遺傳到的平凡人，因為不努力就無法生存而學到人生最重要的道理——靠自己。

心情沉重時
該做什麼?

想「以毒攻毒」的話
必聽中森明菜,
聽她唱歌感覺就像
難過的時候有人陪我難過,
她把《秋櫻》和
《難破船》唱到淒涼的盡頭,
我幾乎想倒過來安慰她。

一位讀者來信問：Daisy，你心情沉重的時候會看什麼書？我說，心情沉重第一時間當然是吃，哪還有看書的興致？最好吃辣，超辣，辣到眼淚狂奔才痛快，然後再吃我喜愛的日本菜、韓國菜、印度菜、墨西哥菜……吃到這裏，心情怎麼都會有一點點好轉。

在這篇文章變成美食指南之前，讓我再談談除了吃，我在心情沉重的時候會做的一些事。我會看電影或煲劇，但一定不會看甜蜜愛情片，看的時候或許能短暫逃避，但你知我知那只是電影，假的，那些如花似玉的人物和奇幻際遇在現實並不存在，看完後回到崩壞的現實落差極大，show後抑鬱爆發，心情會直插海底。

要紓緩壞情緒不妨「以毒攻毒」，我專挑喪屍片、末日片、恐怖片，相比之下，現實的地球至少到這一刻仍未爆炸，想到這裏就會對自己的處境滿懷希望。有次《驅魔人》在戲院重播，我那陣子工作和戀愛都很不順利，一個人入戲院看午夜場準備尖叫發洩一番，但因為現實裏的人太恐怖，戲中被鬼上身那傢伙反而顯得很普通，我完全沒有被電影嚇倒，掃興得很。

心情沉重時，我還會做的另一件事就是學習外語。法文也好，韓文也好，拿個生字表來背，或狂 loop 常用句子的聲音檔，精神進入了機械式背誦的狀態，就會忘卻現實的煩惱，對我來說很治癒。就像有些人會在情緒低落的時候跑步、練拳、做 gym，我只是讓腦袋做運動而已。聽音樂也是生活中必須的，開心要聽，不開心也要聽。想「以毒攻毒」的話必聽中森明菜，聽她唱歌感覺就像難過的時候有人陪我難過，她把《秋櫻》和《難破船》唱到滄桑的盡頭，我幾乎想倒過來安慰她。古典音樂適合冥想沉思，但如果只想找些輕輕鬆鬆的背景音樂，最好就是聽商業化、易入口又無需用腦的流行曲，例如韓國電視台 JTBC 播映的節目《Begin Again》邀請多位歌手唱 live，靚聲靚景，是不錯的選擇。

莫名其妙地成功，
莫名其妙地失敗

"

人人都嘲笑他，
若我不嘲笑就顯得落伍了，
於是「嘲笑Rain」
突然成了韓國風潮。

"

從高峰墜下，由谷底彈起——無論前者還是後者，有時都源於一些莫名其妙的原因。

就說韓國歌手 Rain。他與宋慧喬主演《浪漫滿屋》的時候紅到發紫，被封「亞洲舞王」，風頭一時無兩。但他自創的時裝品牌失敗，有了一兩單負面新聞，觀眾就開始嫌棄他，說他過氣老土，無論他為新歌如何努力都是慘淡收場。

2017 年，Rain 推出了有史以來反應最惡劣的歌《GANG》。MV 被踩到體無完膚，網民揶揄他作風老派，咬唇的表情自戀到教人難受。然後不知何故，三年後這首歌突然又被人拿出來做笑柄，網民爭相留言嘲笑他。人人都嘲笑，若單是我一人沒有嘲笑，那就顯得我落伍了，於是「嘲笑 Rain」突然成了全國風潮，笑著笑著又覺得首歌其實幾好聽喎，舞步幾好睇喎，網民開始模仿，網絡掀起了「一日一 GANG 熱潮」，意思是每日都要看一次這首歌的 MV，Rain 就這樣莫名其妙地鹹魚翻生。

安藤忠雄家境清貧，讀書不成，只愛打架，乾脆去當職業拳手，也做過貨車司機，誰會料到這位「輸在起跑線」的少年會成為日本國寶級建築大師？他因為學業成績不佳，無法升讀大學，以自學方式學習建築，卻以別樹一格的清水混凝土紅遍全球。

事業如日中天，病魔卻莫名其妙地找上他，人生一下子跌入谷底。2009 年，這位建築大師宣佈自己罹患多種癌症，切除了五個內臟，但直至我在 2022 年初夏出版這本書，安藤忠雄依然在世界各地有新作品面世，這是連他自己也沒有料到的。

陸游在八百多年前寫下「山重水複疑無路，柳暗花明又一村」。無論八百年前還是八百年後，人生還是充滿莫名其妙的起跌，重要的是 Rain 在谷底那些年沒有停止出新歌，安藤忠雄在抗癌那些年沒有停止做建築，遇見柳暗花明之前不要停下腳步。總之，繼續向前走吧，在這荒誕離奇的世界，誰又能料到明天會發生什麼事呢。

減肥直到世界終結

> 我感激上帝把人造成這麼容易胖，
> 因為世上至少還有一樣東西是公平的——脂肪。

曾主持電視節目的廚師梁文韜成功減掉 130
磅，十分勵志。其實我認識不少七十歲以上
的長者，一陣子沒見就突然由大碼變細碼，
看上去年輕了十年。他們決心減肥是因為
怕死，而他們通常都用這兩種方法
——168 斷食和生酮飲食。前者是指把
每日進食的時間壓縮在八小時之內，
即一日只吃兩餐，通常是不吃早餐，
午餐與晚餐之間不能進食，令身體
有 16 小時處於斷食狀態；生酮則是
避開糖和碳水化合物。我曾在
Patreon 直播介紹了 168 斷食，一位
女讀者生完孩子後無論用什麼方法都
無法回復從前的體型，用 168 斷食卻在
兩星期減了六磅。

這樣說下去，整篇文章都變成介紹減肥
方法了，但這並不是我今天想講的，
因為這題目實在令人很累。減肥
不難，keep 住瘦才困難。必須
一生一世、年年月月貫徹自律才能
keep 住瘦，稍為放鬆一下又會
長胖了，這不是連想起都覺得
疲倦嗎？

話得說回來，我感激上帝把人造成這麼容易胖，因為世上至少還有一樣東西是公平的——脂肪。不論窮人或有錢人，權貴還是平民，男人還是女人，想瘦下來就必須經歷同樣的痛苦，節食或運動。在減肥這件事上，有權有錢也沒有任何特權，對我這種蟻民不失為一種安慰。

如果想瘦下來，不想要三高心臟病脂肪肝，簡單來說是不想太早死，更不想生不如死，那就得取捨，在放任和節制之間做選擇。大部分人當火燒眼眉都會（被迫）選擇節制，就像我認識的一位長輩，中風康復之後就天天運動，清茶淡飯；七十歲的廚師梁文韜因為過胖的弟弟才 59 歲就在飯後猝逝，令他決心減肥。

在我認識的人當中只有一位上了年紀的先生，大病一場後第一件事去買新車，第二件事去食乾炒牛河。反正隨時兩腳一伸，當然是享受到盡，難道瘦就不會死麼？

從黑色幽默的角度去看，人要是活到完全不理後果，也是一種境界。

一杯咖啡的時光

> 咖啡可以召喚回憶。
>
> 很多年後，我偶爾喝 Latte
> 仍會想起那年北歐的冬天，
> 想起少年的自己。
>
> 潮漲般的記憶甚至使我
> 連當時空氣裏的冰冷和乾燥
> 都記起來，
>
> 旅行的寂寞因為一杯咖啡
> 而變得溫潤了。

秋天悄悄來臨後，我不自覺地多喝了咖啡。在清爽的早上讓滿屋飄著咖啡香，就會感覺有了力量去迎接新的一天。

尋找喜愛的味道是好玩的過程。烘焙時間愈長，咖啡豆就會變得愈深色，酸味會慢慢減淡，苦味則會加重。所以深焙咖啡濃郁醇厚，但沒有淺焙咖啡的花果香。我還是牙牙學語的時候就遇上咖啡了，我的外婆、母親和姨母都是咖啡迷，我一覺醒來就沐浴在咖啡香之中。午後，母親有時也會抱著我與姨母喝著咖啡聊天，我還會陶醉在那香氣中慢慢睡著了。

長大後我卻不常喝咖啡，否則晚上睡不著。咖啡因真是很奧妙的，它存在於不少植物之中，有研究發現蜜蜂若到訪過一株含咖啡因的植物，之後就會再次回去同一株植物採蜜，幫助了花粉傳播。換句話說，咖啡因令小如蜜蜂的生命「記得」那株植物。

咖啡可以召喚回憶。大學時在寒假揹背囊到歐洲流浪，靠兼職賺來的錢買了機票和火車票以後，即使住在最便宜的青年旅舍，口袋裏的錢也是所剩無幾了。然而我在北歐的時候，還是用原本要買麵包的最後一點點錢買了一杯熱騰騰的 Latte，窗外一片蕭殺，咖啡卻給我一種踏實的幸福。很多年後，我偶爾喝 Latte 仍會想起那年北歐的冬天，想起少年的自己。潮漲般的記憶甚至使我連當時空氣裏的冰冷和乾燥都記起來，旅行的寂寞因為一杯咖啡而變得溫潤了。

文青咖啡店在香港快要多過便利店了，週末必大排長龍，港女爭相打卡。十部有九部韓劇的男女主角拍拖一定要喝咖啡，去對方家中第一件事被問到的也是「要咖啡嗎？」不管那是清晨還是深夜。若統計一下韓劇裏最常出現的單字，說不定就是「coppee」。韓語沒有 f 音，f 音會讀成 p，所以「coffee」會讀成「coppee」。

說起來，也是時候為家中添一點我喜愛的咖啡豆了。

因為太想看看
這個世界

"

由於愛讀歷史，
我小時候就知道人類的愚蠢沒有底線，
不管多麼荒謬的事都有可能發生，
世上沒有一個人或地方明天仍理所當然
地存在，還等什麼？
我從大學一年級起，
抱着「明天地球就要毀滅」
的心情跑了半個地球，
絕大部分地方我明知自己一生只會去一次。

"

「有些地方現在不去，就永遠不會去。」這句話我從 18 歲起就不斷掛在口邊，也慶幸自己年少時就有這種想法，並且義無反顧地實行到底。

因為愛讀歷史，我小時候就知道人類的愚蠢沒有底線，不管多麼荒謬的事都有可能發生，所以世界永遠無法擺脫災難，而且下一秒就可能爆發，世上沒有一個人或地方明天仍理所當然地存在，那還等什麼？我從大學一年級起，抱著「明天地球就要毀滅」的心情跑了半個地球，絕大部分地方我明知自己一生只會去一次。

我在大學畢業後做過九份工，每次返新工之前都會去一趟長途旅行，總之不想給自己藉口，「要搵食行唔開」什麼什麼。人們一生中不知有多少齋講卻到死那天仍沒有實踐的事，「身不由己」這四個字我聽得好厭。終於，COVID-19 爆發令全球航旅中斷，將來也不知病毒何時捲土重來，旅行更不是必然了。

我認識一個阿伯非常喜歡旅行，但總是天天到酒店街口的便利店買麵包做早餐，然後回酒店大堂踱步，午飯到附近便利店買速食，再回酒店午睡，最「大型」的活動是在酒店對面的巴士站看「風景」，但不會上巴士，只站在原地。基本上同在香港一日三餐都去街口吃餐蛋麵毫無分別，那為什麼要大費周章去異國呢？

因為必須大費周章才「像」旅行。體驗當地風土人情呀，讀萬卷書不如行萬里路呀，對這個阿伯來說都跟「旅行」沾不上邊。靠著父親的遺產，這位阿伯一輩子都不曾工作，留在家中很悶，去旅行（就算跟團）怎麼都要用些少腦，於是設計出這種獨特的「不帶腦袋旅行方式」。在東京搭五分鐘的士去超市買一盒美味無比的壽司也太複雜了，還是連續七天去酒店對面的便利店吧。我無法理解的人類太多，幸好我早就放棄了解。

魔鬼教練

這個男人聲稱不斷偷食
是因為「有病」，
童年時大哭母親
卻太忙無暇抱他，
導致他患上「強迫性出軌」，
必須從不同女人身上獲取
從母親那兒得不到的關注。
人類為了「解釋」過錯
而激發的創意，
再一次令我大開眼界。

開學日，網上流傳一位司機對家長不滿的錄音：「一個細路返學，四個人幫佢擔遮。接放學時父母熱淚盈眶，以為個細路啱啱坐完十轆八轆出嚟」。（註：廣東話「擔遮」即「打傘」；「轆」即是「輪」，一輪代表一年，「坐完十轆八轆」即「坐牢十年八年後」。）

也有父母走另一極端。朋友 Sophie 提起：「我哥哥還是四、五歲時每次跌倒，父親都會板著臉吼不准扶！不准哭！不站起來就不准吃飯！簡直就像魔鬼教練啊。」

我很驚訝，因為我也認識她的哥哥，完全看不出在成長過程中曾有任何人對他有所要求，我還以為他是慈母多敗兒的產物，個性軟弱，總是試試這樣，試試那樣，卻沒有一件事能堅持，無論讀書或工作總是半途而廢，年近四十仍一事無成。

「曾有一次，大概是哥哥 26 歲的時候吧，他被單戀多年的女生拒絕了，飲大兩杯回到家中竟質問父親——你為什麼這樣憎我？你為何這麼偏心妹妹？我真是你親生的嗎？其實爸爸覺得我是女孩，就算沒有什麼成就，嫁得好就是了。但哥哥是長子，父親堅持嚴厲教導。小孩跌倒，父親轉身離去的冷漠背影一定令兒子很受傷吧，但爸爸其實很疼哥哥，否則就不會賣樓去給他打本創業，自己肺癌卻捨不得買昂貴的標靶藥啊。」

不扶起（甚至不理會）跌倒的孩子，就能讓他變成堅強獨立嗎？若是這樣，那些拋棄子女的父母就是天才教育家了。站起來當然要靠自己，但誰都希望跌倒時有人鼓勵和陪伴。「魔鬼教練」顯然對 Sophie 的哥哥毫無作用，反而為他提供了藉口，每凡失戀、失業，每次跌倒都將自己的失敗歸咎於「父親不愛我」。

有位女讀者跟我說，她丈夫聲稱不斷偷食是因為「有病」，童年時大哭母親卻太忙無暇抱他，導致他患上「強迫性出軌」，必須從不同女人身上獲取從母親那兒得不到的關注。人類為了「解釋」過錯而激發的創意，再一次令我大開眼界。

金牌之路

> 學溜冰，
> 第一件事就是學跌。
> 花式玩得再出神入化，
> 但跌了不懂如何起來
> 又有何用？
> 學跌，就是為了學
> 東山再起。

張家朗在 2021 年東京奧運奪得男子花劍金牌後，香港家長一窩蜂讓孩子學習劍擊，就如南韓花式滑冰女王金妍兒橫掃獎牌、成為國際名人和廣告寵兒之後，韓國大批父母就讓子女學溜冰，希望孩子成為第二個金妍兒。風光的畫面很吸引，但又有多少人捱得過背後那段刻苦的路？

若真要說起來，大概每個運動員的經歷都足夠寫一本書吧。每日、每年、每十年重複練習著相同的動作，押上人生最青春美好的年華，甚至被迫放棄學業，去追逐一個不知會不會成功的夢想。走過高山低谷，感受人情冷暖，要鍛鍊的早已超出體能和技術，而是精神意志了。運動員經常在社交媒體用這個 hashtag #一日運動員一世運動員，由體育學到的哲理一生

受用。無論從事哪個行業，人生在本質上都是一場馬拉松，不是短跑。更確切一點，是一場連終點在哪裏都不知道的馬拉松，選手必須靠自己去找出正確方向。老實說，聽來挺可怕吧？

金妍兒當年在冬奧背負全國期望，人們經常拿她跟日本選手淺田真央比較，日韓兩國民間為著冬奧獎牌爭吵不斷。金妍兒被韓國媒體捧上天，還記得當時只有 24 歲的她說，現在彷彿身處高峰，但萬一比賽表現失準，舉國的情緒就可能會突然背向她，如此年輕就將世事看透了。今天是英雄，明天也有可能成了地底泥。不畏於殘酷現實，不受外界影響，專心做好自己。那一大群跟著去學溜冰的孩子，要學的其實是金妍兒那強大的意志啊。

溜冰選手常說，學溜冰第一件事就是學跌。是的，跌是一門學問，應該怎樣跌才能將傷害減到最低。花式玩得再出神入化，但跌了不懂如何起來又有何用？學跌，就是為了學東山再起。倒下了就爬起來，用雙手撐起自己。

作者： 王迪詩
出版： 王迪詩創作室
設計： MF@mfcreative | findmfcreative@gmail.com

王迪詩
創作室

圖（封面）： Designed by OlyaTropinina (Image #39209998 at VectorStock.com)

圖（內文）：P. 4, 211 Designed by OlyaTropinina (Image #40880725 at VectorStock.com), P. 4-9 Designed by Vectorpot (Image #10203953 at VectorStock.com), P.7 Designed by makart (Image #26738376 at VectorStock.com), P. 9 Designed by Amili (Image #38066913 at VectorStock.com), P. 12 Designed by Milatoo (Image #25977521 at VectorStock.com), P. 15 Designed by drawlab19 (Image #41808983 at VectorStock.com), P. 19 Designed by mart_m (Image #27769973 at VectorStock.com), P. 21, 23 Designed by drawlab19 (Image #25151717 at VectorStock.com), P. 27 Designed by Vectorstock (Image #31236351 at VectorStock.com), P. 31 Designed by stolenpencil (Image #42285780 at VectorStock.com), P. 32 Designed by macrovector (Image #2222064 at VectorStock.com), P. 39 Designed by GoodStudio (Image #16674788 at VectorStock.com), P. 43 Designed by abybak (Image #10452672 at VectorStock.com), P. 43 Designed by Vectorpot (Image #10203953 at VectorStock.com), P. 47 Designed by Natality (Image #21473484 at VectorStock.com), P. 51 Designed by OlyaTropinina (Image #41730740 at VectorStock.com), P. 54 Designed by Simple-Line (Image #34856299 at VectorStock.com), P. 55 Designed by Simple-Line (Image #40318652 at VectorStock.com), P. 58-59 Designed by charlienati (Image #28352047 at VectorStock.com), P. 63 Designed by Simple-Line (Image #40318946 at VectorStock.com), P. 64 Designed by Simple-Line (Image #40318573 at VectorStock.com), P. 69 Designed by mirqururius (Image #21196975 at VectorStock.com), P. 73 Designed by Makart (Image #26439891 at VectorStock.com), P. 76 Designed by abybak (Image #5172590 at VectorStock.com), P. 79 Designed by Simple-line (Image #38025198 at VectorStock.com), P. 80-81 Designed by norph (Image #74692 at VectorStock.com), P. 85 Designed by Makart (Image #39536081 at VectorStock.com), P. 89 Designed by kamenuka (Image # 3866018 at VectorStock.com), P. 93 Designed by abybak (Image #15588500 at VectorStock.com), P. 97 Designed by arnontphoto (Image #32321586 at VectorStock.com), P. 99 Designed by Simple-Line (Image #40317471 at VectorStock.com), P. 101 Designed by drawlab19 (Image #25154207 at VectorStock.com), P. 105 Designed by Danussa (Image #18565874 at VectorStock.com), P. 109 Designed by macrovector (Image #2044091 at VectorStock.com), P. 113 Designed by Simple-Line (Image #40317227 at VectorStock.com), P. 116,121 Designed by Amili (Image #23654452 at VectorStock.com), P. 125 Designed by ikopylov (Image #23708413 at VectorStock.com), P. 129 Designed by Danussa (Image #343340 at VectorStock.com), P. 131 Designed by MarArt (Image #2008579 at VectorStock.com), P. 133 Designed by Simple-Line (Image #40317564 at VectorStock.com), P. 136-137 Designed by drawlab19 (Image #37947840 at VectorStock.com), P. 139, 141 Designed by NPetrushka (Image #9228808 at VectorStock.com), P. 146-147 Designed by stolenpencil (Image #31671858 at VectorStock.com), P. 149 Designed by Simple-Line (Image #40317216 at VectorStock.com), P. 153 Designed by kamenuka (Image #1764171 at VectorStock.com), P. 157 Designed by Yuliia (Image #21943116 at VectorStock.com), P. 160-161 Designed by Simple-Line (Image #34856470 at VectorStock.com), P. 163 Designed by samui (Image #27677031 at VectorStock.com), P. 165 Designed by Danussa (Image #20654485 at VectorStock.com), P. 169 Designed by rakushka13sell (Image #25128924 at VectorStock.com), P. 172-173 Designed by Amili (Image # 25951599 at VectorStock.com), P. 176 Designed by Danussa (Image #22528175 at VectorStock.com), P. 181 Designed by Makart (Image #26270060 at VectorStock.com), P. 185 Designed by a3701027 (Image #29710330 at VectorStock.com), P. 187 Designed by kamenuka (Image #4304075 at VectorStock.com), P. 189 Designed by Popmarleo (Image #21100727 at VectorStock.com), P. 193 Designed by a3701027 (Image #20983611 at VectorStock.com), P. 195 Designed by OneLinePrint (Image #37319012 at VectorStock.com), P. 197 Designed by ONYXprj (Image #14857317 at VectorStock.com), P. 200 Designed by kamenuka (Image #35959391 at VectorStock.com), P. 202 Designed by stolenpencil (Image #42072365 at VectorStock.com), P. 205 Designed onot (Image #7699343 at VectorStock.com), P. 206-207 Designed by AvaBitter (Image #11938267 at VectorStock.com), P. 209 Designed by drawlab19 (Image #23591852 at VectorStock.com), P. 215 Designed by kapona (Image #10700965 at VectorStock.com)

王迪詩創作室於2022年6月在香港出版

ISBN：978-988-74332-1-7

版權所有　不得翻印

王迪詩作品
《一個人私奔》

e-book

旅遊散記　浪蕩心跡

- 酒店是漂泊的象徵。我喜歡漂泊，但不喜歡像乞丐那樣漂泊。住五星級酒店也可以是一種流浪，我 Daisy 稱那為「高級流浪」。

- 印度人的婚禮真有意思！不像香港，要新郎表演戴 bra 或「心口碎腰果」那麼白癡。

- 我最愛天寒地凍時在日本泡露天風呂。「那麼冷可不是活受罪？」Philip 問。當我說在寒風中浸露天溫泉「有一種凜冽與凄美」，他就開始打開餐牌點菜，然後喃喃說我「小說看得也太瘋了」。

- 義大利少年拉著我的手，在巴洛克建築前隨心而行。我在出其不意的時候，在他臉上輕輕吻了一下。我們相愛了七天。就只七天。

- 在尼泊爾的森林遇上黑熊，而我們七個人所有的「武器」就只有一根樹枝！

- 法國男人最公道。自己去滾，也原諒紅杏出牆的女人。不像其他民族的男人，只許州官放火，不許百姓點燈。

《Time Will Tell
——我這樣讀歷史》

e-book

歷史書也可以簡單易明，完全唔悶！

- 由瀕臨亡國到成為全球最幸福國家、少年大衛打倒巨人哥利亞現實版——芬蘭

- 為何納粹德軍僅花六星期就輕易吞併巴黎？

- 巴黎如何奇蹟地逃過被希魔焚城的浩劫？

- 洗腦使人自願為奴——為何會有人崇拜一舊屎？

- 變態獨裁者的婚姻和愛情——希特拉與墨索里尼

- 就是不認命——南韓近代史

- 從韓劇看歷史——假如沒有希特拉，二戰就能避免嗎？

- 興中會第一任會長，比孫中山更早投身革命，名字卻被刻意抹掉的香港人——楊衢雲

- 沖繩戰役期間，日軍下令沖繩居民大規模自殺，告訴島民美國人會強姦婦女，殺掉男人，得在美軍登陸前自殺，每戶發兩枚手榴彈，結果祖父殺死兒孫，丈夫殺死妻子……

- 古代中國篇：超級富豪的宿命——江南首富沈萬三；孫臏完美示範「君子報仇十年未晚」

- 緬甸篇：軍方領袖因迷信占星預言而穿著女人衫；因為9是總統的幸運數字而全國廢鈔，改發45元和90元鈔票；導致羅興亞人被屠殺，鼓動者是「緬甸拉登」？而「緬甸拉登」竟是我佛慈悲的僧人？

善待自己系列

《下半生，難道就這樣過嗎？》

人之所以會變得麻木，是為了保護自己。
起初，心是熱的，卻因此而吃虧了，受傷了，
於是漸漸將自己抽離，在周圍築起了一道牆。

e-book

《長大了才明白的二三事》

- 被討厭，也並非世界末日
- 世上沒有不用付出就能得到的幸福
- 衰到貼地，原來還有轉機
- 連粗口也不足以回應世界的荒謬
- 學會分辨誰值得你交心，誰不值得
- 別再那麼容易受騙，好嗎？
- 連你都不喜歡自己，別人如何喜歡你？
- 要學懂生活，而不是生存
- 不要勉強自己，即使對父母親人
- 放棄也是一種成熟
- 贏了，不需要告訴別人

《不怕別人眼光勇於做自己的十堂課》

做任何事都會有人欣賞，有人批評。
驚，就乜都唔好做。
Don't let other people define you.

善待自己系列
《活著 就有如果》

e-book
及實體簽名書

王迪詩 著

- 吃好每一頓飯，腳踏實地去做我該做的事
- 將自己放得太大是很難快樂的
- 我不想變成自己看不起的人
- 冷靜應對 戒掉情緒
- 有些人，疏遠更好
- 就算世界讓你失望，其實也沒什麼大不了

- 當善良會被懲罰，地球就只剩人渣
- 沒關係，還有下次⋯⋯你肯定？
- 對於工作，最理想的態度是認真而不沉重
- 日子難過，quality of life 卻在於我
- 凡事走過總留痕，刻在眼球琢於心

《我就是看不過眼》

- 只要有人，就有是非。只要有女上司，就有公公。
- 有些孩子的生日派對是成年人的一場公關 show。
- 咬緊牙關也是一種浪漫，在現實裏堅持做自己喜歡的事，it's so cool。
- 無求，就是上岸。有求，狗都要做。
- 失戀到底是什麼一回事？四個字講完——塞翁失馬。對於我的「前度」，我可以跟他們分手是我一生中最大的幸運，我希望他們會說「大家咁話」。愛情讓我學懂最大的教訓是不要站在今天去看你的一生。

28 歲女律師日記
王迪詩出道首部著作
《王迪詩@蘭開夏道》

e-book
及實體簽名書

「不管走到多遠，過了多久，
有一部分的我從來沒有變過。
我不會磨掉自己的棱角。我永遠是我。」

- 十個男人九個嫖，還有一個在動搖。
- 成功的人都有點無賴的特徵。看透了這一點，失敗者也就不會太過自卑。
- 所有好吃的東西都會致胖，正如所有英俊的男人都沒有本心。
- 二十多歲的女人處於「氣質真空期」，既已失去少女的天真，卻又未發展出三十歲後的韻味。

《我沒忘記 那年的你 ──蘭開夏道前傳》

二十幾歲，誰不嚮往漂泊？
生命充滿無限可能性，覺得自己永遠不會死。

這是一個發生在英國的故事。

我們三個女孩一起住在 South Kensington 一座白屋，過著輕狂的生活，用香檳做早餐，哼著 Beatles 的 *Like Dreamers Do* ……直至懷孕少女蘇止歧躲進我們家中以逃避父親的「追捕」。

秘密被一層層揭開，原來背後隱藏著蘇止歧對父親的極端報復計畫！

我遇上 Philip。那張臉的輪廓，有種彷彿可以看見皮膚底下骨頭似的酷。我愈討厭這個自以為是的人，就愈渴望走近他。

茫茫人海，為何偏偏遇上你？

職場系列

《王迪詩@辦公室》

e-book

在職場上，誰沒遇過一兩個人渣？

鞋，不能亂擦。必須擦得窩心，擦得到位，一句說進你的心坎裏，把你勁想講但又不好意思講的話，痛痛快快的說出來。

我有一個夢：指著老闆的鼻子大罵：「@$X★%！」然後把桌上的文件往天上一拋，拂袖離去……只要一次轟轟烈烈地炒老闆魷魚，都算不枉此生。但當我冷靜下來，又覺得可能會抱憾終生……

一個精明的老闆，一定會培植多於一個勢力，說得好聽是刺激雙方的良性競爭，說穿了是互相制衡。一方獨大，很容易威脅權力核心。

公司愛用「美人計」討好客人，好處是「零成本」。蝕底的是女職員，又不是公司。

王迪詩時裝風格專集
《STYLE》

做人的風格就靠兩種「氣」——骨氣和勇氣。
一個真正有風格的女人，無論任何環境都能抬起頭做人。

有智慧的女人不需要名牌。她們穿什麼，那什麼就像名牌。

靚是一種態度。我喜歡自己，無需在意別人的眼光。
化妝扮靚是一種樂趣，並不為取悅男人。

就算五官不美也可以很有魅力。
一個字——真。
虛情假意的人都很醜，用再多化妝品都沒有救。

每個女人都應該擁有一雙玻璃鞋。
不用天賜，也無需王子贈送，而是憑自己的本事去賺錢買。

- 如何 mix & match 創造自我風格？

- 吃什麼可令肌膚發亮？

- 不節食，不運動，
  兩星期如何減掉7磅？

- 化妝護膚心得

- 最喜愛的時裝網店

e-book
及實體簽名書

王迪詩@
▪ e-book

▪ 絕版實體簽名書、
親筆簽名紀念品

https://payhip.com/daisywong

• • • ● • •

王迪詩@
獨家專欄 + 直播

www.patreon.com/daisywong

▪ 每星期直播推介好書、英美日韓劇、講歷史、
哲學、音樂

▪ 會員可隨時重看昔日 100 多場直播

▪ 推介多間高質餐廳;各種生活分享;專欄文章

▪ Latte 會員全年獲贈大量免費電影門票,並可
參加私人聚會